“ C ” comme Cadavre

DU MÊME AUTEUR
CHEZ POCKET

A comme alibi
B comme brûlée
D comme dérapage
E comme explosif
F comme fugitif
G comme gibier
H comme homicide
I comme innocent
J comme jugement
K comme killer
L comme lequel ?
M comme machination
N comme nausée
O comme oubli

SUE GRAFTON

" C " comme Cadavre

POCKET

Titre original américain :
« C » IS FOR CORPSE

Traduit de l'américain
par Evelyne Jouve

ISBN 2-266-13298-9

CHAPITRE PREMIER

J'ai rencontré Bobby Callahan un lundi. Le jeudi de la même semaine, il était mort. Il était persuadé que quelqu'un essayait de le tuer. Et les faits ont prouvé qu'il avait raison. Malheureusement, personne ne l'a compris à temps. C'était la première fois de ma vie que je travaillais pour un mort, et j'espère que cela ne se reproduira jamais.

Je m'appelle Kinsey Millhone. Je suis détective privé à Santa Teresa, Californie, à une centaine de kilomètres de Los Angeles. J'ai trente-deux ans et deux divorces derrière moi. J'aime la solitude. Peut-être trop... Inexplicablement, Bobby avait bien failli remettre tout ça en question. Il n'avait que vingt-trois ans. Je n'éprouvais pour lui aucun sentiment romantique, comme on dit, mais à défaut de l'aimer tout court je l'aimais bien. Sa mort m'a fait l'effet d'une gifle. Elle m'a rappelé que la vie est parfois une monstrueuse farce, pas drôle du tout.

Nous étions en août. Je fréquentais assidûment le club Fitness de Santa Teresa afin de faire disparaître les séquelles d'une fracture au bras gauche. Il faisait une chaleur étouffante. Je me sentais rouillée, exaspérée par ces mouvements fastidieux qu'il fallait sans cesse recommencer. Rotations, pliés, élongations... J'avais beau savoir que mon compte en banque me permettait de tenir le coup pendant deux bons mois, mon oisiveté forcée et ces maudites séances de musculation me portaient sur les nerfs.

Le club Fitness de Santa Teresa représente le degré zéro du club de remise en forme. Ici, pas de jacuzzi, pas de sauna, pas de musique d'ambiance. Simplement des miroirs aux murs, des appareils de culture physique et une moquette pelée, couleur d'asphalte. Une odeur de chaussettes moites ajoute un petit côté exotique au décor.

Je m'y rendais trois fois par semaine, à 8 heures précises. Après un petit quart d'heure d'échauffement, je procédais à une série d'exercices destinés à rendre toute leur souplesse à mon deltoïde gauche, mon pectoral majeur, mes triceps, bref, à tout ce qui allait de travers depuis que j'avais intercepté dans sa trajectoire une balle de calibre 22 avec mon bras. A cette heure-ci, j'étais généralement la seule femme de la salle. Pour oublier la douleur, la sueur et la nausée qui me soulevait l'estomac, je reluquais sans vergogne les corps des messieurs, qui louchaient sur le mien.

Bobby Callahan avait fait son apparition dans la salle d'exercice en même temps que moi. Ce qui lui était arrivé, de toute évidence, avait dû lui faire mal... Il approchait le mètre quatre-vingts. Physique de joueur de foot : grosse tête, cou puissant, épaules carrées, jambes musclées. Depuis son accident, sa tête blonde s'inclinait de côté et la moitié gauche de son visage restait figée dans une vilaine grimace. Sa bouche laissait échapper un filet de bave qu'il essuyait constamment à l'aide d'un mouchoir blanc. Son bras gauche était replié le long de son corps. Il avait une horrible balafre d'un rouge violacé sur l'arête du nez, une autre en travers de la poitrine, et ses genoux étaient comme lacérés. Il boitait bas, évitait de poser le talon gauche par terre, sans doute parce que son tendon d'Achille était sectionné. Le simple fait de venir dans cette salle de gymnastique devait lui arracher les tripes, et pourtant il était là, jour après jour. On lui devinait une volonté farouche. J'avais honte de m'apitoyer sur mon compte. Tôt ou tard, je me remettrais de mes blessures. Lui pas. Je ne ressentais aucune pitié à son égard, mais il piquait ma curiosité.

Ce lundi-là, on se retrouva pour la première fois seuls tous les deux dans la salle. Il faisait des mouvements de rotation avec les jambes, le visage tendu par l'effort. J'occupais le banc voisin du sien et, histoire de varier les plaisirs, j'effectuais quelques tractions lombaires. L'enfer. Pour me changer les idées, je m'amusais à évaluer lequel de ces engins de torture était le pire. Celui de mon voisin figurait en haut de liste. Je l'observai un moment, plutôt admirative.

— J'ai entendu dire que vous étiez détective privé, déclara-t-il soudain sans ralentir le rythme. C'est vrai ?

Sa voix trahissait l'épuisement, mais il ne cédait pas.

— C'est vrai. Pourquoi, vous êtes preneur ?

— En fait, oui. On a essayé de me tuer.

— Il s'en est fallu de peu, on dirait. Quand cela s'est-il passé ?

— Il y a neuf mois.

— Pourquoi ?

— Aucune idée.

Ses jambes tremblaient sous l'effort, ses mollets saillaient, à la limite de la crampe. La sueur ruisselait sur son visage. Machinalement, je me mis à compter les mouvements avec lui. Six, sept, huit...

— Je hais cette machine, grommelai-je.

Il sourit.

— Ça fait un mal de chien.

— Comment est-ce arrivé ?

— Je traversais le pont au-dessus du col avec un copain, tard dans la nuit. Une bagnole a brusquement surgi derrière nous et nous a poussés dans le vide. Rick a été tué. Un peu plus et j'y passais aussi. Ce furent les dix secondes les plus longues de toute ma vie.

— Je vous crois.

Le pont d'où il était tombé surplombait un canyon de près de quatre cents pieds, tapissé de rochers pointus. L'endroit détenait le record des suicides. A ma connaissance, personne n'avait jamais survécu à une chute pareille.

— Vous vous en êtes plutôt bien tiré. Je suppose que vous avez dû en baver pour arriver à ce résultat ?

— Je n'avais pas le choix. Après l'accident, ils ont décrété que je ne marcherais plus jamais. Que j'étais un type fini.

— Qui ça, « ils » ?

— Les médecins. Ma mère a remué ciel et terre pour moi. J'ai passé huit mois à Rehab, et maintenant j'attaque la rééducation. Et vous, qu'est-ce qui vous est arrivé ?

— Un trou du cul m'a blessé au bras avec son revolver.

Bobby émit un petit rire étouffé. Il acheva sa série de rotations, puis se hissa sur les coudes.

— J'ai encore quatre machines à tester et puis on se barre d'ici, d'accord ? A propos, je m'appelle Bobby Callahan.

— Kinsey Millhone.

On se serra solennellement la main, comme pour sceller un pacte. Je savais déjà que je travaillerais pour lui.

On déjeuna dans un de ces restaurants diététiques spécialisés dans des ersatz de viandes en croûte qui n'ont jamais dupé personne. C'est un truc qui me dépasse. Il me semble qu'un végétarien devrait être tout aussi dégoûté par quelque chose qui ressemble à du bœuf que par un authentique beefsteak. Bobby commanda une omelette aux haricots et au fromage de la taille d'une serviette de bain roulée, nappée de crème aigre. Quant à moi, j'optai pour un assortiment de petits légumes frits accompagnés de riz brun, avec un verre de vin blanc tiré de je ne sais quel obscur tonneau.

Le simple fait de manger requérait toute l'attention de Bobby. J'en profitai pour l'observer. Il avait des cheveux blonds broussailleux, éclaircis par le soleil, des yeux bruns, et le genre de cils dont rêvent la plupart des femmes. La moitié gauche de son visage était paralysée, mais il avait un menton énergique, barré d'une cicatrice en forme de demi-lune. Ses dents avaient probablement traversé sa lèvre inférieure pendant son saut de la mort... Comment avait-il fait pour survivre à pareille chute ? Mystère.

Il leva les yeux vers moi.

— Vous avez de la chance d'être encore en vie, commentai-je.

— Le plus pénible, en fin de compte, ce sont les trous de mémoire...

Sa voix se fêla, comme si le seul fait d'aborder ce sujet lui causait une souffrance physique.

— Je suis resté dans le coma pendant deux semaines. Je me suis réveillé pour me voir en mille morceaux. Pourquoi ? Je n'en sais toujours rien. Mais je me rappelle très bien comment j'étais avant. C'est ça qui fait mal. J'étais un type bien, Kinsey. Intelligent, doué. Mon cerveau réagissait au quart de tour, avec de petites étincelles magiques... Vous voyez ce que je veux dire ?

Je hochai la tête. Je connaissais bien ces étincelles magiques.

— Aujourd'hui, mon crâne est plein de blancs et de vides. J'ai perdu des pans entiers de mon passé. Effacés, anéantis.

Il s'interrompit pour s'éponger rageusement le menton, et contempla son mouchoir avec amertume.

— Ça aussi, c'est dur. Quelle déchéance ! J'étais brillant, vous savez. Je voulais faire médecine, et maintenant c'est tout juste si je ne suis pas obligé de demander de l'aide toutes les fois que je veux aller pisser !

Il eut brusquement les larmes aux yeux et s'interrompit pour se donner le temps de se ressaisir. Lorsqu'il se remit à parler, sa voix était chargée d'ironie.

— Enfin, voilà comment j'ai occupé mes vacances d'été. Et vous ?

— Vous êtes certain qu'on a essayé de vous tuer ? Il s'agissait peut-être d'un chauffard ou d'un ivrogne...

Il réfléchit un moment.

— Je connaissais la voiture. Enfin, je crois. Evidemment, c'est parti avec le reste. Mais j'ai l'impression... qu'à l'époque, je l'ai reconnue.

— Pas le conducteur ?

Il secoua la tête.

— Je n'en sais rien. Peut-être que oui, peut-être que non. Je ne me rappelle pas.

— C'était un homme, une femme ?

— Je l'ignore. Ça aussi, gommé.

— Comment pouvez-vous être certain que c'était à vous qu'on en voulait, et pas à Rick ?

Il repoussa son assiette et réclama un café. Il était tendu.

— Je savais quelque chose — quelque chose d'important. Je m'en souviens très bien. Tout comme je me rappelle que j'étais dans le pétrin et que j'avais la trouille. Malheureusement, j'ai oublié pourquoi.

— Et Rick ? Quel rôle jouait-il ?

— Je crois qu'il n'avait rien à voir là-dedans. Je peux me tromper, bien sûr, mais j'en suis presque certain.

— Où alliez-vous cette nuit-là ?

Bobby leva les yeux. La serveuse s'approchait avec un pot de café. Il attendit qu'elle nous ait servis et qu'elle se soit éloignée, puis sourit tristement.

— C'est idiot, mais je me méfie de tout le monde. J'ignore qui sont mes ennemis. Les gens que je croise connaissent peut-être ce que moi j'ai oublié. Je deviens paranoïaque, mais c'est plus fort que moi.

Il suivit des yeux la serveuse qui se dirigeait vers la cuisine, puis son regard revint vers moi et il s'essuya machinalement le menton.

— On allait écouter l'orchestre de la *Stage Coach Tavern*. Il est assez réputé.

Il haussa les épaules.

— Il y avait peut-être une autre raison, mais laquelle ?

— Quels étaient vos projets personnels à cette époque ?

— Je venais d'obtenir mon diplôme à l'université de Santa Teresa. Je travaillais à mi-temps à *St. Terry*, en attendant de savoir si je serais admis en première année de médecine.

Ça faisait des lustres que l'hôpital de Santa Teresa traînait ce surnom de *St. Terry*.

— Vous ne vous y étiez pas pris un peu tard ? Je croyais que les futurs étudiants en médecine devaient s'inscrire en hiver de façon à obtenir une réponse dès le printemps.

— En fait, j'avais déjà déposé une demande qui n'avait pas abouti. C'était ma deuxième tentative.

— Quel genre d'activité aviez-vous à *St. Terry ?*

— Je n'avais pas de fonction précise. On m'a collé un moment aux admissions. Je répondais au téléphone, je remplissais les fiches d'entrée, ce genre de trucs. J'ai également travaillé aux archives. Les derniers temps, j'étais en pathologie, dans le service du Dr Fraker. Un type plutôt sympa. De temps en temps, il m'autorisait à faire des tests en laboratoire, vous voyez, tout ça n'avait rien d'extraordinaire.

— Mais vous saviez quelque chose, que vous étiez seul à connaître, n'est-ce pas ?

Son regard erra sur la salle du restaurant, puis revint se poser sur moi.

— Je suppose, oui. Avec celui ou celle qui a essayé de me tuer pour m'empêcher de parler.

Je m'adossai à mon siège et tentai de mettre de l'ordre dans mes idées. Il y avait un petit pot près de moi qui devait contenir du lait ou quelque chose d'approchant. J'en versai prudemment quelques gouttes dans mon café. Les produits diététiques ont le pouvoir étrange de vous couper l'appétit avant même que vous y touchiez.

— Il y a un détail qui me tracasse, déclarai-je après un temps. Si ce que vous avez découvert était vraiment explosif, pourquoi ne l'avez-vous pas aussitôt signalé ?

Il me regarda avec intérêt.

— Vous voulez dire aux flics, par exemple ?

— Tout juste. Admettons que vous soyez tombé sur le produit d'un vol, ou que vous ayez démasqué un espion soviétique... ou encore que vous ayez découvert un complot contre le Président...

— Pourquoi n'ai-je pas immédiatement sauté sur le téléphone pour réclamer de l'aide ?

— Voilà.

Il était très calme.

— Je l'ai peut-être fait... Bon sang, je ne sais pas, Kinsey. Vous ne pouvez pas imaginer à quel point ça me mine de ne pas savoir. Pendant les trois premiers mois que j'ai passés à l'hôpital, je ne pouvais penser à rien d'autre qu'à la souffrance qui me cisaillait. Tout ce qu'il me restait d'énergie, je l'ai mobilisé pour survivre. Quand j'ai commencé à aller mieux, je me suis mis à réfléchir, à essayer de comprendre ce qui s'était passé. Surtout lorsqu'on m'a dit que Rick était mort. Je l'ai appris bien plus tard. Je suppose qu'on voulait me ménager, et ne pas retarder ma guérison. Quand j'ai su... atroce ! Imaginer que j'étais peut-être soûl au moment de l'accident, que je nous avais balancés par-dessus le pont... Il fallait que je sache, ou je deviendrais fou. C'est à ce moment-là que j'ai commencé à assembler petit à petit quelques éléments du puzzle.

— Peut-être que la mémoire finira par vous revenir complètement ?

— C'est bien ce qui m'effraie, avoua-t-il. Je suis à peu près sûr que, si je suis encore en vie, c'est justement parce que j'ai tout oublié.

Sa voix était montée d'un cran. Il se tut subitement, regarda autour de lui d'un œil inquiet. Son anxiété était tellement contagieuse que je me surpris à l'imiter.

— Vous a-t-on menacé depuis votre accident ? chuchotai-je.

— Euh... non.

— Pas de lettres anonymes, pas de coups de téléphone bizarres ?

— Non... Pourtant je suis en danger. Je le sens. J'ai besoin qu'on m'aide.

— Vous avez essayé de vous adresser à la police ?

— Evidemment. Réponse : il s'agit d'un malheureux accident. Point final. Ils savent qu'une voiture m'a poussé et m'a balancé dans le vide. Mais si vous parlez de préméditation, les flics vous rient au nez et vous demandent des preuves. D'ailleurs, même s'ils me croyaient, ils ne pourraient rien. Je suis un citoyen banal, je n'ai pas droit à une protection vingt-quatre heures sur vingt-quatre.

— Vous pourriez peut-être louer les services d'un garde du corps...

— Foutaises ! C'est vous que je veux.

— Bobby, je ne dis pas que je ne veux pas vous aider. Au contraire. Mais j'ai peur que ce ne soit pas suffisant.

Il se pencha en avant, les traits tendus.

— Tout ce que je vous demande, c'est de découvrir

qui veut ma peau, et pourquoi. Si vous réussissez, je n'aurai plus besoin des flics, d'un garde du corps ou de qui que ce soit.

Il se leva maladroitement.

— Foutons le camp d'ici.

Il jeta un billet de vingt dollars sur la table et se dirigea vers la sortie d'un pas encore plus claudiquant que d'habitude. Je saisis mon sac à main et m'élançai sur ses traces.

— Hé, pas si vite ! Il faut qu'on passe au bureau pour rédiger le contrat.

Il s'arrêta net, et esquissa un petit sourire tremblant.

— Merci, chuchota-t-il.

Il me serra le bras très fort. Il avait le visage un peu rouge et les larmes aux yeux. Il les essuya d'un revers de la main, sans me regarder. Brusquement, je pris conscience de sa jeunesse. Bon sang, c'était juste un pauvre gosse complètement terrifié.

Tandis qu'on marchait à petits pas jusqu'à ma voiture, les regards qui nous suivaient exprimaient tous un mélange de pitié et de gêne. Ça me donna envie de casser la figure à quelqu'un.

CHAPITRE II

A 2 heures de l'après-midi, tout était réglé. Le contrat était signé, et Bobby m'avait versé une avance de deux mille dollars. Il ne me restait plus qu'à le reconduire au parking du gymnase où il avait abandonné sa BMW avant le déjeuner.

Comme il descendait de ma voiture, je me penchai en travers du siège avant.

— Qui est votre avocat ?

Il passa la tête par la vitre ouverte.

— Varden Talbot, de Talbot & Smith. Pourquoi ? Vous voulez lui parler ?

— Demandez-lui s'il ne pourrait pas m'envoyer des copies du rapport de police. Ça me ferait gagner un temps précieux.

— O.K. Je m'en occupe.

— J'aimerais également m'entretenir le plus rapidement possible avec votre famille. Je pourrai vous rappeler un peu plus tard pour qu'on convienne d'un rendez-vous ?

Bobby fit la grimace. Sur le chemin du bureau, il m'avait appris que son handicap l'avait contraint à retourner vivre momentanément dans sa famille. Un arrangement dont il se serait volontiers passé. Ses parents avaient divorcé plusieurs années auparavant. Sa mère s'était remariée. En fait, elle en était à son troisième mariage. Bobby ne s'entendait pas très bien avec son beau-père actuel, mais il avait une fausse sœur de dix-sept ans, Kitty, fille d'un premier mariage de son beau-père, et qu'il semblait aimer beaucoup. Je voulais leur parler, à tous les trois. La plupart de mes enquêtes commençaient par du travail de paperasserie. Cette fois, j'avais l'impression de me trouver en face d'un cas très spécial, qui ne relevait pas de la procédure habituelle.

— J'ai une meilleure idée, déclara Bobby. Passez donc à la maison cet après-midi. Ma mère offre un verre à quelques amis, vers les 5 heures. C'est l'anniversaire de mon beau-père. Comme ça, vous pourrez faire un tour d'horizon complet.

J'hésitai.

— Votre mère ne sera peut-être pas très contente que je me pointe au milieu d'une réunion d'amis...

— Ne vous inquiétez pas. Je la préviendrai de votre arrivée. Elle n'y verra aucun inconvénient. Vous avez un stylo ? Je vais vous indiquer la route.

J'arrachai tant bien que mal un stylo et mon bloc-notes au capharnaüm de mon sac à main, et griffonnai rapidement ses instructions.

— J'y serai vers 6 heures, précisai-je.

— Parfait.

Il se redressa et s'éloigna. Je le regardai boitiller jusqu'à sa voiture, puis je mis le cap sur la maison.

J'habite dans un ancien garage à une place, aujourd'hui converti en studio. Je paie deux cents dollars par mois pour quelque chose comme quarante-cinq mètres carrés, tout à la fois salon, salle à manger, cuisine, chambre, salle de bains, w.-c. et arrière-cuisine. Naturellement, mes meubles ont la double particularité d'être petits et polyvalents. C'est ainsi que le même appareil me sert de réfrigérateur, d'évier et de plaque électrique. J'ai encore une machine à laver miniature qui sèche le linge, un sofa qui peut à volonté devenir un lit (encore que j'aie rarement le courage de le déplier), et un bureau qui à l'occasion me sert de table de salle à manger. Mon travail tend à remplir toute ma vie, si bien qu'au fil des années, mon espace vital s'est progressivement rétréci. J'ai vécu un temps dans une roulotte, en fin de compte, ça s'est révélé décevant. Trop sophistiqué. Je ne possède ni plantes vertes ni animaux. J'ai pas mal d'amis, mais je ne les entretiens pas. J'aime ma vie telle qu'elle est et je m'efforce de ne pas trop m'en vanter.

Mon appartement donne sur une modeste rue bordée de palmiers, à un pâté de maisons de la mer. Mon propriétaire s'appelle Henry Pitts, il a quatre-vingt-un ans. C'est un ancien boulanger qui arrondit ses fins de mois en cuisant des petits pains et des gâteaux qu'il échange contre ses repas à un restaurant du coin. Il organise des *tea parties* pour les vieilles dames du voisinage. A ses moments perdus, il fabrique des mots croisés abominablement difficiles. J'adore Henry. D'abord parce qu'il est très beau : grand, mince, bronzé, avec des cheveux d'un blanc neigeux qui moussent comme ceux d'un bébé et des traits aristocratiques. Ses yeux, d'un bleu presque violet, pétillent d'intelligence. Et puis il est bon, attentionné et doux.

Après avoir garé ma voiture dans la rue, je fis le tour du bâtiment. Mon entrée privative donne sur un amour de jardinet. Henry y cultive un carré de gazon où s'entassent un saule pleureur, des cédrats rachitiques, des rosiers et un patio dallé. Il sortait justement de son arrière-cuisine, un plateau à la main, quand il m'aperçut.

— Oh ! Kinsey, vous tombez bien. Venez un peu par ici, je voudrais vous présenter quelqu'un.

Je découvris une femme replète, d'une soixantaine d'années, vautrée dans l'un des fauteuils du patio. Les boucles de ses cheveux teints en brun encadraient un visage parcheminé, soigneusement maquillé. Ce furent ses yeux qui me gênèrent. Ils étaient très grands, d'un marron velouté, et, à ce qu'il me sembla, débordants de venin.

Henry posa son plateau sur une table basse.

— Je vous présente Lila Sams, une nouvelle venue à Santa Teresa. Lila, voici Kensey Millhone, ma locataire.

Dans un mouvement majestueux qui fit cliqueter ses bracelets en plastique rouge, Lila me tendit une main et se trémoussa avec l'intention évidente de se propulser en position verticale.

— Je vous en prie, ne vous dérangez pas, déclarai-je poliment. Bienvenue à Santa Teresa. Vous êtes de la région ?

Son sourire aimable effaça la dureté de son regard et je me demandai si je n'avais pas rêvé.

— Je voyage énormément, répondit-elle en battant des cils. A vrai dire, je ne pensais pas rester ici. Mais Henry rend cet endroit tellement adorable...

Elle portait une robe bain-de-soleil très décolletée, dans les verts et les jaunes, avec de gros motifs géométriques qui soulignaient ses bourrelets. Sa poitrine évoquait deux sacs de farine à moitié vides. Je cherchai son regard, mais elle n'avait d' yeux que pour le plateau de canapés que Henry avait apporté.

— Vraiment, je suis confuse que vous vous soyez donné tout ce mal !

Henry est de ceux qui ont la capacité de réussir des prodiges avec une simple boîte de conserve oubliée au fond d'un placard.

Les ongles laqués de rouge de Lila décrivirent un petit cercle au-dessus du plateau. Elle choisit un canapé et le porta à sa bouche avec une mine gourmande. Ça ressemblait à une lamelle de saumon fumé surmontée d'un tortillon de mayonnaise.

— Mmm... C'est absolument délicieux, commenta-t-elle avant de se lécher minutieusement les doigts un par un.

Ils étaient hérissés de bagues énormes. Des diamants, comme il se doit, mais aussi des rubis et des émeraudes de la taille d'un timbre-poste. Henry me passa l'assiette.

— Servez-vous pendant que je nous prépare des mint juleps.

Je secouai la tête.

— Non, merci. Je veux faire un peu de jogging avant de me mettre au travail.

— Kinsey est détective privé, précisa Henry.

Lila cilla imperceptiblement.

— Vraiment ? Mais c'est absolument fascinant ! minauda-t-elle, apparemment au bord de l'extase.

Ses roucoulades ne réussissaient pas une seconde à dissimuler que je ne lui plaisais pas. Ça se sentait à plein nez.

Elle regarda Henry et tapota la chaise voisine de la sienne.

— Venez vous asseoir là, vilain garçon. Et dites-moi

ce que cette exquise petite chose représente, susurra-t-elle en piochant un deuxième canapé.

Henry s'assit docilement auprès de son invitée.

— C'est de l'huître fumée, et ici, du fromage aux noix. Je vous recommande tout particulièrement celui-ci...

— Voulez-vous bien vous taire, affreux tentateur ! Vous allez finir par me faire grossir !

Le spectacle de leurs têtes rapprochées avait quelque chose de gênant. Je me détournai.

— A plus tard, Henry, lançai-je par-dessus mon épaule.

Le temps d'enfiler un haut de survêtement et une paire de baskets, et je ressortis. Je marchai d'un bon pas en direction de Cabana, la grande avenue qui longe la mer, puis je me mis à courir. Il faisait très chaud et il n'y avait pas le moindre nuage pour faire écran au soleil. Même l'océan semblait en plomb. Il fallait vraiment que je sois cinglée pour songer à courir par un temps pareil. Mon bras me faisait mal, mes poumons me brûlaient et mes jambes avaient autant de souplesse que des morceaux de bois.

Le premier kilomètre fut atroce, j'en détestai chaque seconde. Au kilomètre deux, je commençai à percevoir une amélioration, et au kilomètre trois j'étais en pleine euphorie. J'avais trouvé mon rythme. Il me semblait pouvoir continuer éternellement. Mais, comme il était déjà 3 heures et demie et que je n'ai jamais prétendu m'attaquer au marathon, je me mis au pas. J'en paierais le prix demain, j'en étais sûre, mais pour l'instant je me sentais miraculeusement relaxée, avec des muscles chauds et souples.

Le temps de regagner mon appartement, la sueur

s'était évaporée et je rêvais d'une douche brûlante. Dans le patio désert, des verres de mint julep vides traînaient encore sur la table. La porte de service de Henry était fermée, les rideaux tirés. J'ouvris ma propre entrée avec la clé que j'attache toujours à mon lacet de chaussure.

Après m'être lavé les cheveux, je passai un pantalon, une tunique, des sandales, je vaporisai le tout d'eau de Cologne, et à 5 h 45 précises, empoignant le fourre-tout en cuir qui me sert de sac à main, je sortis.

D'après les instructions de Bobby, je tournai à gauche dans Cabana, puis je suivis la route jusqu'à Montebello. On prétend que Montebello affiche plus de millionnaires au mètre carré que n'importe quelle autre communauté de la région.

L'adresse que m'avait donnée Bobby se situait à la sortie de West Glen, une petite route plantée d'eucalyptus et de sycomores, bordée des deux côtés par un mur en pierre de taille destiné à cacher les hôtels particuliers aux yeux des automobilistes et des passants. De temps à autre, exceptionnellement, un portail laisse entrevoir la façade sereine d'une demeure. West Glen donne l'impression de somnoler entre ses remparts de chênes feuillus, dans la caresse du soleil et l'odeur de la lavande française. Des gros bourdons squattent les géraniums rose vif.

Il était 6 heures, il ne ferait pas nuit avant deux bonnes heures.

Je repérai enfin le numéro que je cherchais, et m'engageai lentement dans l'allée. A ma droite, se dressaient trois cottages en stuc blanc, qui ressemblaient à ce que les trois petits cochons auraient pu construire.

Malgré ma bonne volonté, je ne parvins pas à trouver un endroit où me garer, et je continuai donc à rouler, tout en me demandant lequel de ces bungalows appartenait à la famille de Bobby. Comme je négociai la courbe à allure réduite, cherchant une petite place où me nicher, j'écrasai subitement la pédale de freins.

— Merde, murmurai-je.

L'allée donnait sur une large cour pavée. Au fond, je vis une maison. D'instinct, je sus que Bobby Callahan habitait là et non dans l'une des boîtes à chaussures que j'avais aperçues un peu plus tôt et qui devaient abriter le personnel.

La demeure était au moins aussi grande que le collège où j'avais fait mes études et, selon toute probabilité, elle émanait du même architecte. Un certain Dwight Costignan, aujourd'hui décédé, qui avait revitalisé Santa Teresa pendant ses quelque quarante années d'activité. Si mes souvenirs étaient bons, il s'agissait du style Renaissance espagnole. Effet ahurissant.

Des arcades encadraient la partie centrale de l'édifice à deux étages. Les arches se succédaient, soutenues par de gracieuses colonnades. On distinguait des bouquets de palmiers, des portails sculptés et des fenêtres à meneaux. Il y avait même un campanile, comme dans une antique mission. L'endroit tenait à la fois du monastère et du décor cinématographique. Quatre Mercedes rutilantes s'alignaient dans la cour, au milieu de laquelle une fontaine lançait vers le ciel un jet d'eau de quatre mètres cinquante.

Je me garai aussi discrètement que possible et contemplai ma tenue. Hélas ! Mon pantalon avait une tache au niveau du genou, impossible à dissimuler à moins de marcher à quatre pattes. Et encore. Ma tunique, en revanche, tenait le coup. Taillée dans un tissu noir scintillant, elle avait un décolleté en pointe, des manches longues et une ceinture assortie. Pendant un instant, j'envisageai de rentrer chez moi pour me changer, et puis je pensai que je n'avais rien de mieux dans ma garde-robe.

Je risquai un coup d'œil sur le fouillis qui encombrait la banquette arrière de ma voiture. Après avoir écarté mes bouquins de droits, mes fichiers, ma boîte à outils et l'étui où je rangeais mon revolver, je trouvai enfin ce que je cherchais : un collant dans son emballage d'origine. Par terre, je découvris des escarpins noirs à talons aiguilles, que j'avais achetés pour me donner l'air d'une putain au cours d'une enquête dans un quartier chaud de Los Angeles. Une fois sur place, je m'étais aperçue que toutes ces dames étaient nippées comme des collégiennes, et j'avais abandonné mon déguisement.

Jetant mes sandales sur la banquette, je m'extirpai tant bien que mal de mon pantalon, enfilai le collant et chaussai les escarpins. Puis je récupérai la ceinture de la tunique que j'enroulai autour de mon cou avant d'élaborer un gros nœud exotique. En fourrageant dans le fond de mon sac, je dénichai un applicateur d'eye-liner et un tube de fond de teint, avec lesquels je me refis rapidement une tête en m'aidant du rétroviseur. Je me trouvai un air bizarre, mais après tout personne ne m'avait jamais vue auparavant, à part Bobby. Enfin, il fallait l'espérer...

Je quittai enfin ma voiture. Sans la ceinture, la

tunique m'arrivait à mi-cuisse. Le tissu impalpable se collait à mes hanches. Si jamais je passais devant une source lumineuse, on verrait mon slip par transparence... Tant pis! Prenant une profonde inspiration, je m'avançai vers la porte d'entrée.

CHAPITRE III

Je pressai la sonnette, dont l'écho se répercuta dans toute la maison. Une domestique noire, vêtue d'un uniforme blanc comme celui d'une infirmière, vint m'ouvrir. Je me serais volontiers évanouie dans ses bras pour qu'elle m'emmène à l'hôpital, tant mes pieds me faisaient mal. Au lieu de quoi je m'entendis décliner mon identité et murmurer que Bobby Callahan m'attendait.

— Certainement, Miss Millhone. Si vous voulez bien me suivre...

Je pénétrai dans le vestibule. Le plafond était haut de deux étages, et une série de fenêtres échelonnées le long de l'escalier en pierre déversaient dans le hall une lumière tamisée. Le sol était en tomettes rouges, polies comme du satin. Il y avait des allées de tapis persans aux dessins fanés. De lourdes tapisseries ornaient les murs. La température ambiante était parfaite : fraîche, mais sans excès, et tout embaumée par la somptueuse composition florale qui trônait sur une table basse. On se serait cru dans un musée.

La domestique m'introduisit dans un salon gigantesque. Avec l'effet de perspective, le groupe de personnes qui conversaient à l'autre bout semblait minuscule. La cheminée devait mesurer trois mètres de large sur quatre de haut, avec une telle ouverture qu'on aurait pu y rôtir un bœuf entier. Le mobilier avait l'air confortable. Rien de tarabiscoté ni d'étriqué. Les quatre canapés paraissaient plutôt accueillants. Quant aux chaises capitonnées, elles me rappelèrent les sièges de première classe d'un avion.

Je repérai Bobby qui, Dieu merci, boitilla aussitôt à ma rencontre. A ma pauvre tête, il devina immédiatement que j'étais dans mes petits souliers.

— Désolé, j'aurais dû vous avertir, dit-il. Voulez-vous boire quelque chose ? Nous avons un excellent vin blanc, mais si je vous annonce le cru, vous allez croire qu'on veut vous en mettre plein la vue.

— Va pour le vin. J'adore qu'on m'en mette plein la vue.

Une domestique se matérialisa comme par magie avec un plateau. Je fis mentalement des vœux pour ne pas renverser mon verre sur moi.

— Vous avez grandi ici ? lui demandai-je.

Il était difficile d'imaginer quoi que ce soit en train de grandir dans un endroit qui ressemblait à ce point à une nef d'église. Je goûtai le vin et la réalité m'apparut aussitôt : il allait me dégoûter à jamais de la mixture en carton que je buvais habituellement.

— Ma foi, oui, acquiesça-t-il en regardant autour de lui, comme s'il se rendait brusquement compte de ce que cela avait de stupéfiant. J'avais une gouvernante, évidemment.

— Evidemment. Et vos parents, que font-ils ?

Bobby s'essuya le menton d'un air embarrassé.

— Mon grand-père, le père de ma mère, a fondé une

gigantesque industrie chimique, au début du siècle. Je crois qu'il a fini par breveter la moitié des produits essentiels à la civilisation. Ça va des gels de douche et des pâtes dentifrice aux pilules contraceptives, en passant par les solvants, les alliages et les produits industriels. La liste serait trop longue à énumérer.

— Des frères, des sœurs ?

— Juste moi.

— Où se trouve votre père ?

— Quelque part au Tibet. Avec l'âge, il s'est découvert une passion pour l'alpinisme. L'année dernière, il habitait une cahute en Inde. Son âme s'élève proportionnellement au montant de sa carte de crédit.

Je simulai un cornet acoustique avec mes doigts.

— Aurais-je décelé comme un soupçon d'hostilité ?

Bobby haussa les épaules.

— Il prétend accomplir des voyages spirituels, mais en réalité il se paie du bon temps grâce à l'argent qu'il a obtenu de ma mère. C'est tout. Je m'entendais plutôt bien avec lui, jusqu'à ce qu'il rentre juste après l'accident...

Il me regarda avec un sourire crispé.

— Vous savez ce qu'il a dit quand il a appris que Rick était mort ? « Tant mieux. Il n'a plus de soucis, à présent. » Ça m'a mis dans un tel état que le Dr Kleinert a été forcé de lui interdire les visites. Bonne excuse pour filer se balader dans l'Himalaya. On n'a plus de nouvelles depuis, c'est toujours ça de gagné.

Bobby s'interrompit. Il avait les larmes aux yeux, et pendant un instant il lutta pour retrouver son contrôle. Comme il fixait un groupe agglutiné autour de la cheminée, je suivis son regard.

— Où est votre mère ?

— C'est la femme qui porte un ensemble crème. Le type qui se tient juste derrière elle est mon beau-père, Derek. Ils sont mariés depuis seulement trois ans, mais je crois que ça ne durera pas.

— Pourquoi ?

Bobby parut hésiter, puis il finit par secouer la tête sans rien dire.

— Parlez-moi des gens qui sont là, insistai-je.

— Le grand type avec des cheveux gris c'est le Dr Fraker. Un pathologiste. Je travaillais pour lui avant l'accident. Il est marié à la rousse qui parle avec maman. Ma mère fait partie du conseil d'administration de *St. Terry*. Elle connaît tout le monde là-bas, ou presque. Le gros type à moitié chauve est le Dr Metcalf, qui discute avec le Dr Kleinert, mon psychiatre. Kleinert pense que je suis cinglé, mais ça n'a pas d'importance parce qu'il pense également pouvoir me soigner.

Sa voix trahissait une sorte d'amertume, et je devinai brusquement que la rage couvait en lui.

Comme mû par un signal, le Dr Kleinert nous regarda. Puis il se détourna de nouveau. Il avait la quarantaine, des cheveux gris et une expression soucieuse.

Bobby m'adressa un sourire canaille.

— Je l'ai averti que j'allais engager un détective privé, mais il n'a pas dû faire le rapprochement avec vous. Sinon, il serait déjà en train de nous faire son habituel laïus moralisateur.

— Votre demi-sœur n'est pas là ?

— Je suppose qu'elle est dans sa chambre. Elle n'a pas un caractère très sociable.

— Et la petite blonde ?

— C'est la meilleure amie de ma mère. Infirmière en chirurgie. Venez.

Je suivis Bobby jusqu'au groupe qui se pressait autour de la cheminée. Sa mère nous regarda approcher et les deux femmes qui lui parlaient se turent au milieu d'une phrase pour voir ce qui monopolisait son attention.

Elle paraissait très jeune pour avoir un garçon de vingt-trois ans : silhouette mince, jambes élancées et hanches étroites. Ses cheveux mi-longs avaient une splendide couleur fauve pâle. Ses yeux étaient étroits et profondément enfoncés dans leurs orbites, son visage un peu anguleux, sa bouche large. Elle avait des mains élégantes, des doigts longs et minces. Elle portait une blouse en soie crème et une jupe assortie, serrée à la taille. Des bijoux en or ornaient ses poignets et son cou. Le regard qu'elle posait sur la silhouette cassée de Bobby avait une intensité douloureuse. Elle tourna les yeux vers moi et me sourit poliment.

— Je suis Glen Callahan, dit-elle en me tendant la main. Vous devez être Kinsey Millhone. Bobby m'a prévenue que vous seriez des nôtres ce soir.

On se serra la main, et je fus stupéfaite par la fermeté de son geste.

— Nola Fraker, enchaîna-t-elle en me présentant la femme qui se tenait à sa droite.

— Enchantée, déclara cette dernière en me tendant la main.

— Et voici Sufi Daniels.

On échangea quelques politesses d'usage. Nola était une rousse flamboyante à la peau translucide et aux yeux d'un bleu lumineux. Sa combinaison rouge sombre, échancrée presque jusqu'au nombril, dévoilait généreusement sa gorge crémeuse. Je me surpris à prier pour qu'elle évite de se pencher ou de faire des mouvements brusques. J'avais la vague sensation de l'avoir déjà vue quelque part, sans toutefois parvenir à me rappeler où. Peu importait. Ça finirait par me revenir tôt ou tard.

L'autre femme, Sufi, était petite, assez mal fichue, avec des cheveux d'un blond fadasse qui auraient gagné à être coupés plus court. Elle portait un jogging en velours mauve dans lequel elle n'avait pas dû courir souvent.

Après un laps de temps décent, les trois femmes reprirent leur conversation là où elles l'avaient laissée. J'en fus soulagée, car je n'avais pas la moindre idée de ce que j'aurais pu leur raconter.

Bobby me prit le bras et m'entraîna vers les hommes. Il me présenta à son beau-père, Derek Wenner, puis, dans la foulée, aux Drs Fraker, Metcalf et Kleinert. Je n'eus pas le temps d'articuler un son que déjà il me poussait vers le hall.

— Montons. Vous ferez la connaissance de Kitty, et puis je vous montrerai le reste de la maison.

— Mais, Bobby, je veux parler avec ces gens !

— Mais non. Ils sont ennuyeux à mourir et, de toute façon, ils ne savent rien.

Il remarqua mon geste pour me débarrasser discrètement de mon verre et m'arrêta d'un signe.

— Prenez-le avec vous.

Attrapant au vol une bouteille plantée dans un seau à glace en argent, il la coinça sous son bras et continua sa route comme si de rien n'était. Je le rejoignis dans le hall où je pris le temps d'ôter mes chaussures. Bobby me faisait rire. Sa désinvolture avait quelque chose de comique, tellement à l'opposé de tous les principes qu'on m'avait inculqués dans mon enfance ! Ma tante aurait été pétrifiée de respect devant une telle assemblée, transportée d'admiration.

On gravit lentement l'escalier. Bobby se hissait de marche en marche, en s'agrippant à la rampe.

— Votre mère n'a pas pris le nom de son mari ? lui demandai-je.

— Non. Callahan est son nom de jeune fille. C'est également celui que j'ai choisi quand mes parents ont divorcé.

— Bizarre, non ?

— Je ne trouve pas. Comme ça, je ne me sens plus lié à mon père, en aucune façon.

L'escalier s'ouvrait sur une galerie en demi-cercle qui desservait les deux ailes de la maison. On tourna à droite, on passa sous une arche et de là dans un immense couloir jalonné de portes. La nuit commençait à tomber et une semi-pénombre baignait l'étage, qui me rappelait un pensionnat pour jeunes filles, fonctionnel et propre comme cette grande bâtisse, où j'avais autrefois mené une enquête. Aucune âme, aucune chaleur.

Bobby frappa à la troisième porte sur la droite.

— Kitty !

— Une seconde ! fit une voix maussade.

Il m'adressa un sourire.

— Vous allez voir. Elle ne va pas en revenir !

La porte s'entrouvrit et un regard soupçonneux se posa sur moi.

— Qui c'est, celle-là ?

— Allez, Kitty, ouvre cette fichue porte.

Elle s'effaça à contrecœur pour nous permettre d'entrer. Une anorexique, trahie par son visage émacié et sa silhouette squelettique. Ses genoux et ses coudes saillaient douloureusement sous sa peau blafarde. Elle était nu-pieds et portait un short et un maillot qui flottaient sur son corps décharné.

Elle se laissa choir sur son lit défait et, sans me quitter des yeux, alluma une cigarette. Ses ongles étaient rongés jusqu'au sang. La pièce peinte en noir évoquait une sinistre parodie de chambre d'adolescente. Il y avait des tonnes d'animaux en peluche, plus cauchemardesques les uns que les autres. Des posters représentaient des groupes de rock au maquillage outré, figés dans un rictus démoniaque, assortis de slogans agressifs. Une odeur parfaitement identifiable flottait dans l'air. Je me dis qu'il aurait suffi de s'allonger sous les couvertures pour planer un bon coup.

Bobby, visiblement ravi de l'hostilité de la jeune fille, m'approcha une chaise après avoir négligemment flanqué par terre les vêtements qui s'y trouvaient. Puis il s'étendit au pied du lit et enlaça la taille de Kitty. Une main aurait suffi à en faire le tour. Kitty se renversa en arrière et s'appuya sur ses coudes en me souriant à demi. Sur ses jambes frêles comme des allumettes, on voyait les veines par transparence. Un sinistre croquis anatomique.

— Alors, ça se passe comment en bas ? demanda-t-elle à Bobby.

Elle avait une élocution un peu pâteuse et ses yeux paraissaient avoir du mal à accommoder. Je me demandai si elle était ivre ou si elle planait.

— Comme d'habitude. Ils sont plantés en rond et ils vident la cave. A propos, j'ai apporté du vin. Tu as un verre ?

Elle se pencha vers sa table de nuit et patouilla dans le fouillis avant d'en extirper un gobelet douteux, contenant quelque chose de vert et de poisseux collé au fond. Absinthe ou crème de menthe ? Le vin que Bobby y versa vira au contact du restant de liqueur.

— Alors, qui c'est, cette nana ?

S'il y a une chose que je n'ai jamais pu encaisser, c'est bien d'être traitée de nana.

Bobby éclata de rire.

— C'est vrai, j'avais complètement oublié ! Je te présente Kinsey. C'est le détective privé dont je t'ai parlé.

— Pas possible ?

Son regard revint se poser sur moi. Elle avait les pupilles si dilatées que je me trouvai incapable de définir la couleur de ses yeux.

— Chouette, non ? Bobby et moi, nous sommes les monstres de la famille. Une fine équipe, pas vrai ?

Elle commençait à me porter sur les nerfs. A force de vouloir faire l'impertinente, elle ne réussissait qu'à être pitoyable. Un peu comme un comique sur le retour qui s'accroche à ses gags éculés.

— Kleinert est en bas, intervint Bobby d'une voix douce.

— Ah ! Le Dr Destruction. Qu'est-ce que vous pensez de lui ?

Elle tira sur sa cigarette d'un air dégagé, mais je devinai que ma réponse l'intéressait.

— Je ne lui ai pas encore parlé. Bobby voulait que je vous voie avant.

Kitty reporta son attention sur Bobby.

— Il veut me faire hospitaliser. Je te l'ai dit ?

— Tu vas accepter ?

— Pour qu'on me flanque des petites aiguilles partout ? Plutôt crever !

Elle bascula ses longues jambes sur le bord du lit, se leva, et se dirigea vers une coiffeuse surmontée d'un miroir cerclé d'or. Elle observa un instant son visage dans la glace, puis se retourna vers moi.

— Vous me trouvez maigre ?

— Très.

— Vraiment ? murmura-t-elle avec une sorte d'extase.

Elle s'observa de nouveau et tira longuement sur sa cigarette. Je décidai de couper court à la comédie.

— Et si on parlait de cette tentative de meurtre ?

Kitty regagna le lit d'un pas incertain.

— Quelqu'un veut sa peau, c'est sûr, répondit-elle.

Elle écrasa sa cigarette en bâillant.

— Qu'est-ce qui vous fait dire ça ?

— Les vibrations.

— D'accord, mais les vibrations mises à part ?

— Bordel... Vous ne nous croyez pas non plus, hein ?

Elle s'adossa aux coussins, un bras replié sous la tête.

— Est-ce que vous vous sentez menacée, vous aussi ?

— Non. Sans doute pas. C'est à lui qu'on en a.

— Mais pourquoi voudrait-on l'éliminer ? Je ne dis pas que je ne vous crois pas, mais j'aimerais y voir plus clair et vous pouvez peut-être m'aider à trouver une piste.

— Il faut que j'y réfléchisse, déclara-t-elle.

Et puis elle ne bougea plus.

Je mis plusieurs minutes avant de comprendre qu'elle était dans les pommes.

Bon sang, mais où étais-je tombée ?

CHAPITRE IV

J'attendis dans le couloir, mes chaussures à la main, tandis que Bobby installait Kitty dans un plaid. Il sortit de la chambre sur la pointe des pieds.

— Qu'est-ce que ça signifie ? attaquai-je dès qu'il eut refermé la porte derrière lui.

— Rien de grave. Elle a veillé un peu tard la nuit dernière, voilà tout.

— Voilà tout ? C'est une morte vivante !

Il se trémoussa d'un air gêné.

— Vous exagérez un peu.

— Enfin, Bobby, regardez-la ! C'est un véritable squelette. Elle avale Dieu sait quels médicaments, elle boit, elle fume. De plus, vous le savez très bien, qu'elle se drogue. Comment voulez-vous qu'elle survive ?

— Je ne sais pas. Je ne pensais pas que c'était aussi grave...

Allons bon ! Tant de naïveté m'agaçait franchement.

— Depuis quand est-elle anorexique ?

— Depuis la mort de Rick. Ou peu avant. C'était son petit ami, alors elle a pris la chose très mal.

— C'est pour ça que Kleinert la suit ? Pour son anorexie ?

— Faut croire. Je ne lui ai jamais posé la question. Elle était sa patiente avant moi.

Une voix s'éleva dans l'escalier.

— Qu'est-ce qu'il se passe ici ?

Derek Wenner remontait le couloir dans notre direction, un whisky-soda à la main. Le type avait sûrement été pas mal. De taille moyenne, blond, des yeux gris mis en valeur par des lunettes à monture d'acier, il avait la quarantaine bien sonnée et quinze kilos de trop. Son visage présentait l'aspect boursouflé et coloré de ceux qui boivent trop, son front dégarni dessinait un large U parsemé de quelques timides cheveux rabattus sur le côté. Il avait ôté sa veste et sa cravate, et déboutonné le col de sa chemise pour donner un peu de répit à son double menton.

— Qu'est-ce qu'il y a ? Où est Kitty ? Ta mère voudrait savoir pourquoi elle ne nous a pas rejoints.

Bobby semblait de plus en plus embarrassé.

— Je ne sais pas. On bavardait tranquillement et elle s'est endormie.

— Qu'est-ce que c'est encore que cette histoire ? grommela Derek en poussant la porte de la chambre.

Bobby me lança un regard d'affolement. Je jetai un coup d'œil dans la pièce. Derek posait son verre sur la table de nuit et s'asseyait sur le lit.

— Kitty ?

Il secoua doucement l'épaule de la jeune fille.

— Hé, réveille-toi ma douce... Kitty ?

Pas de réponse. Il secoua plus fort, tourna vers moi un regard soucieux, puis recommença à appeler.

— Kitty ? Allons, réveille-toi...

— Vous voulez que je demande à un des médecins de monter ? dis-je.

Il la secoua de nouveau, toujours sans résultat. J'enfilai vite fait mes chaussures et dévalai l'escalier.

Aussitôt que je franchis le seuil du salon, Glen Callahan tourna la tête vers moi.

— Où est Bobby ?

— En haut, avec Kitty. Je crois que vous devriez demander à quelqu'un de venir l'ausculter. Elle s'est évanouie et votre mari n'arrive pas à la réveiller.

— Je préviens tout de suite Leo.

Elle s'approcha du Dr Kleinert et lui murmura quelque chose à l'oreille. Il me jeta un rapide coup d'œil, s'excusa auprès de ses compagnons et nous suivit rapidement à l'étage.

Bobby avait rejoint Derek au chevet de Kitty, le visage crispé d'inquiétude. Derek essayait de mettre Kitty en position assise, mais elle s'effondrait d'un côté ou de l'autre comme une poupée de chiffon. Kleinert fonça vers le lit, écarta les deux hommes, vérifia rapidement les réflexes vitaux de la jeune fille et, sortant une lampe stylo de sa poche, examina ses yeux. Les pupilles s'étaient contractées jusqu'à ne plus former que deux points minuscules, réagissant à peine aux stimuli lumineux. Elle respirait faiblement, les muscles complètement amorphes. Le Dr Kleinert s'empara du téléphone qui traînait par terre, et composa le 911.

Glen demeurait pétrifiée sur le seuil.

— Qu'est-ce qu'elle a ?

Kleinert, ignorant la question, s'adressa à la standardiste de permanence.

— Leo Kleinert. J'ai besoin d'une ambulance à Montebello, West Glen Road. Empoisonnement aux barbituriques. C'est urgent.

Il précisa l'adresse, puis raccrocha et regarda Bobby.

— Vous savez ce qu'elle a absorbé ?

Bobby secoua la tête.

— Elle allait bien il y a encore une demi-heure, intervint Derek. Je lui ai parlé.

— Derek, pour l'amour du ciel ! s'exclama rageusement Glen.

Kleinert ouvrit le tiroir de la table de nuit, fouilla à l'intérieur et en sortit un sachet bourré de cachets de toutes les couleurs. De quoi assommer un bœuf — ou monter une collection.

— Qu'est-ce que c'est que ça ? s'exclama Derek. Où se les est-elle procurés ?

Kleinert secoua la tête d'un air sombre.

— J'aimerais que nous en parlions seul à seul.

Glen s'était déjà détournée. J'entendis son pas décroître calmement dans l'escalier. Bobby me prit le bras et m'entraîna dans le couloir.

— Elle va s'en tirer, n'est-ce pas ? murmura Derek, visiblement dépassé par les événements.

Le Dr Kleinert lui répondit quelque chose que je n'entendis pas.

Bobby me poussa dans une pièce située au bout du couloir et referma la porte.

— Il vaut mieux libérer le passage. On descendra dans un moment.

Il frottait nerveusement les doigts de sa mauvaise main, comme on caresse un talisman. La tension reparaissait dans sa voix.

La pièce, immense, avec de larges fenêtres donnant sur l'arrière de la propriété, était entièrement tendue de moquette blanche, fraîchement aspirée à en croire les empreintes que laissèrent nos pieds sur le sol. Le lit à deux places semblait perdu au milieu de tout cet espace.

Un splendide coffre en pin supportait une télévision et un magnétoscope. Le mur de droite était occupé par un bureau laqué blanc, sur lequel s'alignaient une console d'ordinateur, un écran et une imprimante. A gauche, des étagères contenaient des rangées de livres presque exclusivement consacrés à la médecine. Un coin salon occupait un angle : deux chaises capitonnées, un canapé, une table basse, une lampe articulée, des livres et des magazines semblaient indiquer que Bobby passait là son temps libre.

Il pressa le bouton d'un interphone fixé au mur.

— Callie, on meurt de faim ici. Pouvez-vous nous faire monter un plateau pour deux ?

Je perçus un bruit de vaisselle.

— Oui, monsieur Bobby. Je vous envoie Alicia.

— Merci.

Il clopina jusqu'à une chaise.

— J'ai toujours faim quand je suis anxieux. Asseyez-vous. Bon sang, ce que je peux détester cette maison ! Elle est glaciale, vous n'avez pas froid ?

— Je suis bien.

Je m'installai sur l'autre chaise. Quel effet ça pouvait bien faire de vivre dans une maison où vos désirs sont comblés avant que vous ayez le temps de les formuler ? Où une armée invisible s'occupe du ménage, des courses, de la cuisine, du jardinage... Quelle liberté reste-t-il ?

La sirène de l'ambulance retentit dans le lointain et s'amplifia au maximum avant de s'éteindre dans un gémissement décroissant. Bobby s'essuya lentement le menton.

— Vous trouvez que nous sommes pourris ?

— Je ne sais pas. Vous avez une existence privilégiée, en tout cas, répondis-je.

— On fait quand même notre part de boulot. Ma mère parraine des œuvres de charité et plusieurs comités artistiques. De son côté, Derek joue très bien au golf... Non, je suis injuste. Il s'occupe d'investissements. C'est même par là qu'ils se sont rencontrés. Il gérait le capital que m'a laissé mon grand-père. C'est après avoir épousé ma mère qu'il a lâché la banque. Finalement, ils défendent pas mal de nobles causes. Ce n'est pas comme s'ils veillaient jalousement sur leur or en écrasant les pauvres de leur supériorité.

— Et Kitty ? Qu'est-ce qu'elle fait en dehors de jouer les parasites ?

Il me regarda avec reproche.

— Ne la jugez pas trop vite. Vous ne savez rien des épreuves que nous avons traversées.

— Désolée. Je ne voulais pas être sarcastique.

J'allai entrouvrir la porte juste au moment où les infirmiers quittaient la chambre de Kitty en poussant un brancard. Une couverture enveloppait sa petite silhouette. On avait déjà fixé un dispositif de goutte-à-goutte à son bras et un masque à oxygène couvrait son visage. Le Dr Kleinert conduisait le cortège. Derek fermait la marche, très pâle. Il avait l'air perdu et s'immobilisa en me voyant.

— Je vais les suivre avec ma voiture, déclara-t-il sans que je lui aie rien demandé. Dites à Bobby que nous serons à *St. Terry*.

La scène aurait pu sortir tout droit d'une série télévisée. La fille qu'on emmenait allait peut-être mourir, mais personne ne semblait en avoir conscience. Il n'y avait pas trace de la mère de Bobby, non plus que des gens venus boire un verre. L'ensemble donnait une impression de débâcle, un peu comme une représentation ratée.

— Voulez-vous que nous vous accompagnions ?

Derek secoua la tête.

— Avertissez seulement ma femme. Je l'appellerai dès que j'en saurai davantage.

— Bonne chance...

Il m'adressa un si pauvre sourire que je me sentis désolée pour lui. Dès qu'il eut disparu dans l'escalier, je rejoignis Bobby.

— J'ai entendu, déclara-t-il brusquement.

— Pourquoi votre mère ne se sent-elle pas plus concernée par ce qui arrive à Kitty ? Elle s'en fiche, ou quoi ?

— Ce serait trop long, trop compliqué à expliquer, soupira-t-il. Maman a décidé qu'elle en avait assez fait après le dernier incident. Je crois qu'elle était arrivée à saturation. D'ailleurs, c'est une des raisons pour lesquelles ça ne marche pas avec Derek.

— Et les autres raisons ?

Ses traits s'assombrirent. Se sentait-il coupable ?

On frappa à la porte et une femme apparut, les bras chargés d'un plateau. Son visage était totalement inexpressif, ses yeux fuyants. Elle arrangea prestement les sets et les couverts, vérifia qu'il ne manquait rien et s'éclipsa comme elle était venue. Sans avoir prononcé un mot.

Bobby servit le vin et on commença à manger. Le repas aurait pu figurer dans une publicité pour traiteurs. Il y avait des morceaux de poulet froid accompagnés de mayonnaise, des tartelettes fourrées aux épinards et au fromage. Deux petits bols chinois coiffés d'un couvercle contenaient un velouté de tomate servi avec quelques brins d'aneth et une cuillerée de crème fraîche. On finit par une assiette de petits fours variés. Est-ce que ces gens-là mangeaient tous les jours ainsi ? Bobby n'avait même pas eu un tressaillement. Evidemment, il ne pouvait pas pousser des cris extasiés toutes les fois qu'on lui montait un plateau dans sa chambre... Mais j'aurais quand même préféré qu'il manifeste un minimum d'enthousiasme. Histoire de ne pas me sentir trop godiche.

Quand on redescendit, il était près de 8 heures. Les invités partis, la maison paraissait déserte. Deux domestiques silencieux remettaient de l'ordre au salon. Bobby me pilota vers une lourde porte en chêne massif, située à l'autre bout du hall, où il frappa avant de m'introduire dans un petit bureau. Un bon feu brûlait derrière la grille en cuivre de la cheminée. Les murs étaient peints en rouge profond, et la même couleur intense se retrouvait sur les tentures tirées sur le crépuscule.

Glen Callahan était assise avec un livre, un verre de vin à portée de sa main droite. Elle s'était changée et portait maintenant un pantalon en lainage chocolat, avec un pull en cachemire assorti.

Bobby s'assit en face de sa mère.

— Derek a appelé ?

Elle referma son livre, qu'elle posa à côté d'elle.

— Il y a quelques minutes. Elle est tirée d'affaire. On lui a fait un lavage d'estomac et on l'installera dans une chambre dès qu'elle aura quitté le service des urgences.

Bobby lâcha un long soupir de soulagement, puis baissa la tête, les yeux rivés sur le sol.

Glen l'observa.

— Tu as l'air épuisé. Pourquoi ne vas-tu pas te coucher ? J'ai à parler avec Kinsey, de toute façon.

— Ah ! Alors bonsoir.

Sa voix était un peu voilée, des tics agitaient ses paupières. Il se leva et s'approcha de sa mère qui prit tendrement son visage dans ses mains et le fixa avec intensité.

— Je t'avertirai s'il y a la moindre nouvelle, murmura-t-elle. Ne te fais pas de souci. Dors bien.

Il hocha la tête et lui présenta le bon côté de son visage pour qu'elle l'embrasse. Puis il se dirigea vers la porte.

— Je vous téléphonerai demain matin, me dit-il avant de franchir le seuil.

J'entendis son pas claudiquant s'éloigner dans le hall, puis le silence retomba.

CHAPITRE V

Je m'assis sur la chaise que Bobby venait de libérer. Glen m'observait, ou même me jaugeait. A la lumière de la lampe, je constatai que la couleur de ses cheveux n'était pas naturelle. Son coiffeur devait avoir une bonne dose de talent pour avoir réussi à obtenir presque la même nuance fauve doré que celle de ses yeux. Tout en elle était admirablement harmonieux, d'ailleurs : maquillage, vêtements, accessoires… Elle attachait visiblement une énorme importance aux plus infimes détails, avec un goût sans faille.

— Je suis navrée que nous nous rencontrions dans d'aussi tristes circonstances, déclara-t-elle.

— Je rencontre rarement les gens dans des situations agréables. Qui va me payer ? Bobby ou vous ?

Ma question directe la fit ciller et elle me fixa avec un intérêt redoublé qui me donna à penser qu'elle était douée d'une grande intelligence pour tout ce qui touchait à l'argent.

— Bobby, bien sûr. Il est indépendant financièrement depuis ses vingt et un ans. Pourquoi ?

— Je dois savoir à qui remettre mon rapport. Vous partagez l'idée qu'on a pu essayer de le tuer ?

Elle prit un temps avant de répondre, puis haussa délicatement les épaules.

— La police semble convaincue que quelqu'un l'a poussé dans le vide. Mais de là à parler de préméditation... Je ne sais pas.

— D'après ce que m'a dit Bobby, ces neuf derniers mois ont été particulièrement durs.

Elle traça du bout du doigt une ligne droite sur son pantalon, le regard dans le vide.

— Je ne sais pas comment il a survécu. Il est mon seul enfant, la lumière de ma vie...

Elle s'interrompit, puis me lança un coup d'œil presque timide.

— Je me doute que toutes les mères tiennent le même langage, mais Bobby était spécial. Vraiment. Tout bébé, déjà. Doux, gentil, débrouillard... Et si beau. Un magnifique petit garçon. Adorable et affectueux, drôle... Magique. La nuit de l'accident, la police est venue à la maison. Il était 4 heures du matin. On n'avait pas découvert la voiture tout de suite, et il avait fallu des heures pour remonter les garçons. Rick était mort sur le coup, bien sûr.

Elle s'arrêta comme pour remettre de l'ordre dans ses idées.

— Bref, on a sonné. Derek est descendu voir. Comme il ne remontait pas, j'ai enfilé une robe de chambre et je suis descendue à mon tour. Il y avait deux policiers dans l'entrée. J'ai pensé qu'ils voulaient nous prévenir qu'il y avait un voleur dans le quartier, ou quelque chose comme ça. Puis Derek s'est tourné vers moi, une horrible expression sur son visage. Il m'a dit : « Glen, c'est Bobby. » J'ai eu l'impression que mon cœur lâchait.

Elle leva vers moi des yeux brillant de larmes.

— J'ai cru qu'il était mort, poursuivit-elle en se tordant les mains. Je me sentais glacée à l'intérieur, comme si on m'avait poignardée. Mes dents claquaient... Il était déjà à *St. Terry* à ce moment-là. Quand nous sommes arrivés à l'hôpital, les médecins ne nous ont pas laissé le moindre espoir. Ils nous ont dit qu'il avait des lésions graves au cerveau, les membres brisés et que... et qu'il ne s'en relèverait jamais. Je me sentais mourir. Je mourais parce que mon Bobby était en train de mourir, et ça a duré pendant des jours et des jours. Je ne quittais pas son chevet, je devenais folle, je persécutais les médecins, les infirmières...

Son regard se ternit. Puis elle pointa un index, comme un professeur qui veut retenir l'attention.

— Je vais vous dire ce que j'ai appris, déclara-t-elle lentement. J'ai appris que je ne pouvais pas acheter la vie de Bobby. Que l'argent peut tout acheter, sauf une vie humaine. Je ne me plains pas : grâce à cet argent, j'ai les moyens d'offrir à Bobby une vie à peu près décente, compte tenu des circonstances. Il a eu ce qu'il y avait de mieux. Mais son existence est brisée. Jamais il ne redeviendra ce qu'il était. C'est déjà un miracle qu'il soit encore parmi nous.

— Vous avez une idée sur un éventuel mobile ?

Elle secoua négativement la tête.

— Vous m'avez dit que Bobby était indépendant financièrement. Qui hériterait s'il mourait ?

— C'est à lui qu'il faut le demander. Je crois savoir que son argent irait à des œuvres de bienfaisance. A moins, bien sûr, qu'il ne se marie et qu'il ait des enfants. Pourquoi, vous pensez que l'argent pourrait être le mobile ?

Je haussai les épaules.

— C'est une hypothèse comme une autre. On tue parfois pour une peccadille. Parce qu'on se sent menacé ou par jalousie. Ou encore pour dissimuler ce qu'on a fait de mal... Personne ne lui en voulait ? Une petite amie, peut-être ?

— J'en doute. Il sortait avec quelqu'un, à l'époque, mais rien de très sérieux. D'ailleurs, elle a disparu depuis l'accident. Evidemment, Bobby a changé. On ne frôle pas la mort sans en conserver des traces. Bobby s'est hissé hors de la tombe centimètre par centimètre. Il a regardé le monstre de la mort bien en face, et vous pouvez voir son empreinte sur chaque parcelle de son corps.

Elle avait raison. Bobby donnait en effet l'impression d'avoir été agressé par un monstre. Il était brisé, démantelé, mutilé...

— Bobby m'a appris qu'il travaillait pour le Dr Fraker, à l'époque, repris-je lentement.

— C'est exact. Jim est un de mes vieux amis. C'est d'ailleurs grâce à lui que Bobby a été accepté à *St. Terry*.

— Combien de temps a-t-il travaillé là-bas ?

— Quatre mois, je pense. Dont deux avec Jim, en pathologie.

— Qu'y faisait-il exactement ?

— Il nettoyait les ustensiles, répondait au téléphone, la routine. Quelquefois, on l'autorisait à pratiquer des tests en laboratoire ou à se servir des appareils, mais je ne peux pas imaginer le rapport avec son accident.

— Il avait son diplôme d'université en poche, je crois ?

— Oui. Il travaillait en attendant d'être admis en

première année de médecine. Ses demandes préalables avaient été rejetées.

— Pour quelle raison ?

— Oh ! Ses succès scolaires lui étaient montés à la tête. Il n'avait posé sa candidature que dans cinq écoles. Mais la compétition est féroce dans ce milieu et il n'a pas été admis dans ces cinq écoles-là. Bah ! Il aurait fini par décrocher une place, j'en suis sûre. En attendant, son travail avec le Dr Fraker le passionnait.

Je posai la question suivante non sans appréhension.

— Avait-il des relations sexuelles avec Kitty ?

— Ma foi, je suis incapable de vous répondre sur ce point. Je n'en ai vraiment aucune idée.

— Vous admettez que c'est possible ?

— Naturellement, encore que je sois convaincue du contraire. Kitty avait treize ans quand j'ai épousé Derek. Bobby devait en avoir dix-huit ou dix-neuf... J'ignore ce qu'il éprouvait pour elle, mais je doute qu'une gamine de treize ans ait pu l'intéresser.

— A ce que j'ai vu, elle a grandi vite.

Elle croisa nerveusement ses longues jambes.

— J'avoue que je ne comprends pas votre insistance.

— J'essaie d'y voir plus clair. Il était très inquiet à son sujet, ce soir, et son soulagement a été visible quand il a su qu'elle était hors de danger. Je me demandais jusqu'à quel point ils étaient liés, c'est tout.

— Vous savez, son accident a développé en lui une hypersensibilité maladive. Il paraît que c'est fréquent après un choc à la tête. Il a des sautes d'humeur, des accès d'impatience et une tendance à tout dramatiser. Par exemple, il lui arrive fréquemment de pleurer ou de se mettre en colère.

— Il a des pertes de mémoire, semble-t-il ?

— Oui, de façon totalement imprévisible. Il se souviendra d'un détail sans importance, mais il oubliera la date de son anniversaire ou l'existence de quelqu'un qu'il a connu tout petit. C'est pour ça qu'il consulte le Dr Kleinert, pour retrouver son identité.

— A ce qu'il m'a dit, Kitty est également la patiente du psychiatre. Il la soigne pour son anorexie ?

— Kitty a toujours été impossible.

— A quel point de vue ?

— Interrogez Derek. En ce qui me concerne, Kitty est un chapitre clos. Définitivement. J'ai essayé, mais c'est terminé. Même la scène de ce soir me laisse indifférente. Je sais que mon attitude peut paraître monstrueuse, mais je ne marche plus. C'est sa vie, qu'elle en fasse ce qu'elle veut pourvu qu'elle me fiche la paix. Elle peut se suicider à tour de bras, je m'en lave les mains. J'en ai assez de ses petits jeux et de la voir manipuler Derek.

Un problème m'intriguait spécialement.

— Vous pensez que toutes ces drogues lui appartenaient ?

— Naturellement. Elle était déjà droguée le jour où je l'ai connue. Ce fut d'ailleurs un perpétuel sujet de dispute entre mon mari et moi. Elle a détruit notre couple.

Elle serra les lèvres et se composa un visage serein.

— Pourquoi me posez-vous cette question ? demanda-t-elle.

— Au sujet de la drogue ? Parce que ça me paraît bizarre, c'est tout. Je ne peux pas arriver à comprendre qu'elle ait laissé traîner un sac entier de cachets dans le tiroir de sa table de nuit, tout comme je ne peux pas croire qu'elle ait réussi à s'en procurer une telle quantité. Avez-vous une idée de ce que ça vaut ?

— Elle dispose d'une rente de deux mille dollars par mois, déclara Glen d'une voix crispée. J'ai eu beau m'y opposer, supplier, argumenter, Derek n'a rien voulu entendre. L'argent est versé directement sur son compte.

— Quand bien même... Il y en avait pour une fortune. Elle doit avoir une sacrée combine.

— Kitty a toujours su se débrouiller pour arriver à ses fins.

— Je ne vais pas vous retenir plus longtemps, déclarai-je poliment. Si c'était possible, j'aimerais avoir le nom et le numéro de téléphone de l'ancienne petite amie de Bobby. Je souhaiterais également m'entretenir avec les parents de Rick. Savez-vous comment je peux les joindre ?

— Je vais vous donner leur numéro.

Elle se leva et se dirigea vers un secrétaire en bois de rose, avec des niches sculptées et de minuscules tiroirs sur le devant, d'où elle sortit un carnet d'adresses en cuir.

— Splendide secrétaire, déclarai-je bêtement.

Autant féliciter la reine d'Angleterre pour ses jolis bijoux de famille...

— Merci, répondit-elle distraitement en feuilletant son répertoire. Je l'ai acheté l'année dernière à Londres, dans une vente de charité. Ah ! Nous y voici...

Elle nota le renseignement sur un bloc, arracha la feuille et me la tendit.

— Vous risquez d'avoir des difficultés avec les parents de Rick.

— Pourquoi ?

— Parce qu'ils tiennent Bobby pour responsable de la mort de leur fils.

— Comment réagit-il ?

— Mal. Je crois qu'à certains moments il se demande s'ils n'ont pas raison. C'est en partie pour cela que je souhaite connaître la vérité.

— Je peux vous poser encore une question ?

— Naturellement.

— « Glen », ça vient de « West Glen » ?

— C'est l'inverse. Je n'ai pas été baptisée Glen à cause de la route. C'est la route qui a pris mon nom.

Quand je regagnai ma voiture, il était 21 h 30. Il faisait un froid glacial. Je me débattis quelques minutes pour ôter mon collant et enfiler mon pantalon à la place. Je chaussai à nouveau mes sandales et je me mis en route.

Rien ne semblait indiquer que Derek soit rentré. Je décidai de passer à *St. Terry* pour prendre des nouvelles. Tout en roulant, je pensai à l'impression qu'on peut avoir quand une rue porte votre nom. Kinsey Avenue. Kinsey Road. Mmm... pas mal. Avec un peu d'entraînement, j'étais certaine qu'on devait pouvoir accepter un tel poids de responsabilités.

CHAPITRE VI

De nuit, l'éclairage extérieur de l'hôpital Santa Teresa lui donne l'aspect d'un énorme gâteau de mariage au glaçage blanc crémeux. Je trouvai sans peine une place libre au parking, verrouillai ma voiture et remontai l'allée semi-circulaire. Les doubles portes en verre s'ouvrirent automatiquement devant moi. A l'intérieur, le hall baignait dans une demi-pénombre, un peu comme l'habitacle d'un avion pendant un vol de nuit. A ma gauche, la cafétéria déserte, où une serveuse en uniforme blanc nettoyait les tables d'un air morne. A ma droite, la boutique de cadeaux, qui présentait en vitrine un échantillon de ce que les hôpitaux ont à offrir comme lingerie affriolante, parfums et gadgets. Une odeur d'œillets flottait dans l'air.

Je me dirigeai vers le bureau d'accueil, derrière lequel tricotait une femme à l'air d'institutrice et au regard alerte.

— Bonjour... Pourriez-vous m'indiquer où se trouve Kitty Wenner ? On l'a transportée en salle de réanimation en début de soirée.

— Un instant.

Je jetai un coup d'œil à son badge : « Roberta Choat,

volontaire ». On se serait cru dans un roman à l'eau de rose pour jeunes filles désœuvrées. Roberta devait atteindre la soixantaine et un tas de médailles du mérite décoraient son uniforme.

— Voici : Katherine Wenner, troisième étage, aile sud. Vous allez suivre ce couloir jusqu'aux ascenseurs et monter au troisième. Une fois là-haut, vous tournerez sur votre gauche. Mais il s'agit d'un service psychiatrique, je ne sais pas si on vous autorisera à la voir. L'heure des visites est passée. Vous êtes de la famille ?

— Je suis sa sœur, déclarai-je avec aplomb.

— Eh bien, dites-le à l'infirmière de garde. Avec un peu de chance elle vous croira, répondit Roberta Choat avec le même aplomb.

— Je l'espère.

En fait, c'était Derek que je voulais voir.

Les portes des ascenseurs coulissèrent docilement. Un homme entra derrière moi, et me regarda d'un air hésitant, comme si je correspondais à la description du dangereux violeur publiée dans les journaux du soir. Il enfonça la touche 2 et s'enfuit dès que la cabine s'immobilisa à son étage.

L'aile sud avait bien meilleure mine que la plupart des hôtels dans lesquels j'étais descendue. Naturellement, elle était également beaucoup plus chère, et offrait un tas de services dont on n'a généralement que faire, à commencer par la salle d'autopsie. Toutes les lumières étaient allumées. Des reproductions de tableaux de Van Gogh ornaient les murs. Un choix pour le moins curieux dans un service de psychiatrie...

Derek Wenner était assis dans la salle d'attente, juste à côté d'une double porte à petits carreaux opaques, au-dessus de laquelle on pouvait lire l'inscription suivante : PRIÈRE DE SONNER.

Il fumait une cigarette, un exemplaire du *National Geographic* ouvert sur ses genoux. Je m'assis près de lui.

— Comment va-t-elle ?

Il tressaillit légèrement.

— Oh ! Excusez-moi, je ne vous avais pas reconnue. Elle va mieux. On vient de l'emmener pour l'installer dans une chambre. Je pourrai peut-être la voir un instant.

Son regard se tourna vers les ascenseurs.

— Je suppose que Glen ne vous a pas accompagnée ?

Je secouai la tête, observant le mélange de soulagement et d'espoir déçu qui se peignait sur ses traits.

— Ne lui dites pas que vous m'avez surpris en train de fumer, ajouta-t-il d'un air embarrassé. J'ai arrêté depuis mars, mais j'étais tellement inquiet pour Kitty...

Il s'interrompit avec un haussement d'épaules.

Je n'eus pas le courage de lui avouer qu'il sentait le tabac à vingt mètres. Il faudrait que Glen soit dans un état comateux pour ne pas s'en rendre compte.

— Qu'est-ce qui vous amène ici ? me demanda-t-il.

— Je ne sais pas. Bobby est monté se coucher, j'ai bavardé un moment avec Glen, et puis j'ai pensé à faire un saut jusqu'ici pour prendre des nouvelles de Kitty.

Il me sourit vaguement.

— Je revoyais la nuit où elle est née. C'était exactement pareil. La même attente interminable, à se demander ce qui se passe et à prier pour qu'il n'y ait pas de complications. On n'autorisait pas les hommes à entrer dans la salle de travail, à l'époque.

— Qu'est-il arrivé à sa mère ?

— L'alcool l'a tuée quand Kitty avait cinq ans.

Il sombra dans le silence et j'en fis autant. Je ne voyais pas ce que j'aurais pu lui dire sans verser dans les banalités ou le manque de tact. Je le regardai tapoter maladroitement sa cigarette dans le cendrier pour en faire tomber la cendre. Le bout incandescent se détacha, et il ne lui resta plus en main qu'un cylindre de papier éteint.

— Elle va subir une cure de désintoxication ? demandai-je enfin.

— Pour l'instant, on la garde en psychiatrie. Leo veut qu'elle subisse un check-up complet avant d'entreprendre quoi que ce soit. Elle est légèrement destabilisée, actuellement.

Il secoua la tête en caressant son double menton.

— Je ne sais vraiment plus comment m'y prendre avec elle. Glen a dû vous dire les problèmes...

— Vous voulez parler de la drogue ?

— De la drogue, de ses échecs scolaires, de ses absences, de sa maigreur... Nous avons vécu un véritable cauchemar.

— Peut-être que cette hospitalisation est finalement ce qui pouvait lui arriver de mieux.

La double porte s'ouvrit sur une infirmière qui jeta un coup d'œil dans la salle d'attente. Elle était vêtue d'un jean et d'un T-shirt. Pas de coiffe, pas d'uniforme, seulement un badge professionnel. Son sourire était franc et sympathique.

— Monsieur Wenner ? Voulez-vous me suivre, je vous prie ?

Derek se leva et me lança un regard interrogateur.

— Vous m'attendez ? Je n'en ai pas pour longtemps. Leo ne m'autorise qu'une visite de cinq minutes.

— Bien sûr. Je ne bouge pas d'ici. A tout de suite.

Il hocha la tête, et s'éloigna avec l'infirmière. Dans la fraction de seconde où ils passèrent la porte du service, j'entendis Kitty glapir des injures assez imagées. Puis la clé tourna dans la serrure. Je ramassai le magazine tombé à terre en songeant que les pensionnaires du service de psychiatrie allaient avoir une nuit mouvementée.

Un quart d'heure plus tard, j'étais installée avec Derek dans le bar d'un petit motel, à quelques pas de l'hôpital. Lui devant un martini-gin, et moi devant un verre de vin blanc sec.

— Qu'est-ce que vous pensez de l'affaire Bobby ? lui demandai-je.

— Vous voulez parler de cette prétendue tentative de meurtre ? Ma foi, je n'en sais rien. Sa mère et lui ont l'air d'y croire, mais je ne vois vraiment pas ce qui aurait pu pousser quelqu'un à faire une chose pareille.

— L'argent, par exemple.

— L'argent ?

— Je me demandais qui aurait hérité si Bobby était mort. J'ai posé la même question à Glen.

Derek malaxa son double menton. La graisse lui dessinait comme un deuxième visage autour de sa figure normale.

— Ce serait un mobile un peu trop clair, déclara-t-il d'un ton sceptique.

— D'accord, mais s'il était mort, qui aurait parlé de mobile ? Tous les six mois, une voiture fait la culbute à cet endroit, simplement parce que le conducteur ne ralentit pas assez dans la courbe qui précède le pont. On aurait cru à un banal accident. Je crois savoir qu'il n'y a pas eu de témoins ?

— Non. Pourtant, moi je ne prendrais pas ce que Bobby vous a raconté pour argent comptant.

— C'est-à-dire ?

— C'est-à-dire qu'il aimerait bien rejeter la responsabilité du drame sur quelqu'un d'autre. Il ne veut pas admettre qu'il pouvait être soûl, ni qu'il conduisait trop vite, comme à son habitude. Son meilleur copain a perdu la vie dans cette histoire. Rick était le petit ami de Kitty et sa mort l'a complètement désorientée. Je ne dis pas que la version de Bobby est fausse, je dis seulement qu'il a besoin d'un coupable.

J'observai le visage grave de Derek. C'était une théorie intéressante, et j'avais la conviction qu'il l'avait étudiée sérieusement. En tout cas, il n'en avait sûrement jamais parlé à Glen.

— Selon vous, il aurait tout inventé ?

— Je n'ai pas dit ça, protesta-t-il mollement. Je suis à peu près sûr qu'il croit dur comme fer à sa version... qui a l'avantage de l'innocenter, non ?

Il claqua des doigts pour que le barman lui apporte un autre verre, puis m'interrogea du regard.

— Vous aussi ?

— Volontiers, merci.

Je n'avais pas encore fini mon vin, mais je me dis que Derek serait peut-être plus détendu si je me mettais à son diapason. Le Martini a les mêmes vertus que le sérum de vérité. Or, j'étais assez curieuse de savoir ce que Derek avait sur le cœur.

Il alluma une cigarette et secoua lentement l'allumette, le regard dans le vague.

— Comment avez-vous trouvé Kitty ? Vous ne me l'avez pas dit, lui demandai-je.

— Elle était... bouleversée. C'est toujours effrayant de se réveiller dans un lit d'hôpital. Mais je l'ai rassurée, je l'ai raisonnée...

Dans la peau de son personnage de père, Derek n'avait pas l'air plus à l'aise que dans son rôle d'époux.

— Glen ne m'a pas paru très concernée...

— Oh non ! Je ne l'en blâme pas, d'ailleurs. Kitty l'accepte mal. Mais Glen n'a pas l'air de se rendre compte des conséquences que son attitude peut avoir sur une gosse comme elle. C'est ce que je ne supporte pas. Bobby peut inventer n'importe quoi, elle lui trouve toujours une excuse. Mais que Kitty se permette la moindre peccadille, et ça devient le crime du siècle. Vous voyez ?

Je haussai les épaules sans me compromettre.

— Pas vraiment : je ne sais pas ce que Bobby a pu faire.

Les consommations arrivèrent. Derek vida son verre d'un trait, le reposa avec soin sur le petit napperon de papier gaufré. Ses gestes n'étaient plus très précis et ses yeux commençaient à chavirer.

Dès que le barman s'éloigna, je repris mon questionnaire.

— De vous à moi, Bobby a été interpellé par deux fois pour conduite en état d'ivresse. Il y a un an environ, il a mis une fille enceinte. Naturellement, Glen a aussitôt pris sa défense en affirmant que c'était des frasques d'étudiant, que les hommes étaient ainsi faits, ce genre de bêtises. Mais que Kitty s'écarte un tant soit peu du droit chemin, et c'est l'explosion.

Je commençais à comprendre pourquoi Bobby pensait que ce mariage ne marcherait pas. Quand un couple se met à compter les points, c'est le K.O. à court terme. Derek m'adressa un sourire qui se voulait neutre.

— Vous avez une idée sur la façon dont vous allez mener votre enquête ?

— Pas vraiment. En général, je cherche d'abord des indices susceptibles de me mettre sur une piste.

— Eh bien, je vous souhaite bon courage. Bobby est un gentil garçon, mais il n'est pas aussi limpide qu'il y paraît.

Son élocution s'embrouillait un peu. J'eus droit à un nouveau sourire plein de sympathie, qui sous-entendait qu'il aurait pu m'en dire très long sur la question, mais que la discrétion le retenait. Je ne le prenais pas au sérieux. Il essayait trop maladroitement de me manœuvrer, sans se douter qu'il était transparent comme un verre d'eau.

Il consulta rapidement sa montre.

— Il vaut mieux que je rentre. Ça va être ma fête. Je me souviendrai longtemps de cet anniversaire, croyez-moi.

Il jeta un billet sur le comptoir et se laissa glisser du tabouret de bar.

— Ce sera mieux l'année prochaine. Merci pour l'invitation.

— C'est moi qui vous remercie. Votre sollicitude m'a beaucoup touché. Si je peux vous être utile en quoi que ce soit, faites-le-moi savoir.

On marcha côte à côte jusqu'à ma voiture, puis on se sépara. Dans mon rétroviseur, je le vis se diriger d'un pas vacillant vers le parking de l'hôpital. Apparemment, il contrôlait beaucoup moins bien ses réflexes qu'il ne le croyait. Je fis un demi-tour, freinai à sa hauteur, et ouvris la portière côté passager.

— Je vous dépose ?

— Oh non ! Tout va bien.

Il resta immobile un instant, oscillant légèrement sur place, puis il monta dans ma voiture et claqua la portière sur lui.

CHAPITRE VII

La première chose que je vis le lendemain matin, en arrivant au bureau, ce furent les photocopies du rapport de l'accident que m'envoyait l'avocat de Bobby. Il y avait joint des notes concernant l'enquête qui avait suivi et des photos montrant très clairement la carcasse de la voiture. Le corps disloqué de Rick Bergen avait été retrouvé à mi-pente du précipice, dans un tel état que je dus prendre sur moi pour regarder les clichés sans faiblir. La lumière crue des flashes ajoutait encore à l'horreur.

La Porsche de Bobby avait éventré une bonne partie de la rambarde, cisaillé un jeune chêne, tailladé plusieurs rochers, creusé une profonde tranchée dans les buissons. Ce n'est qu'après cinq ou six tonneaux qu'elle s'était immobilisée au fond du ravin dans un amas de tôles tordues et de verre brisé. Il y avait plusieurs photos de la voiture, vue de devant et de derrière, ainsi que des plans plus rapprochés montrant Bobby avant que les ambulanciers l'aient retiré de l'épave.

— Incroyable, murmurai-je.

Je lâchai les photos, ouvris la porte-fenêtre et passai sur le balcon pour respirer un peu d'air frais. A mes pieds, State Street était paisible. Je regardai les passants monter et descendre la rue, alertes et vigoureux. Il y avait du soleil et les branches des palmiers ne frissonnaient même pas. Une scène bien banale, sans surprise. Et pourtant... la mort pouvait être tapie dans cette même rue, prête à surgir, monstrueuse et sanglante.

Je rentrai pour me préparer un pot de café noir, puis je me mis à étudier minutieusement le rapport de police. On y avait joint le certificat d'autopsie de Rick Bergen, et je notai sans grand étonnement qu'elle avait été pratiquée par Jim Fraker. Santa Teresa est une ville de trop peu d'importance pour s'allouer les services d'une morgue et d'un médecin légiste. En cas de besoin, elle fait appel à l'extérieur.

Le rapport du Dr Fraker attribuait le décès de Rick Bergen à un traumatisme crânien, auquel s'ajoutaient de multiples contusions, lacérations, hémorragies, un éclatement de l'intestin et diverses lésions au niveau du squelette dont la liste impressionnante suffisait à expliquer que Rick ait franchi sans retour la rive du Styx.

Je m'installai à ma machine à écrire et ouvris une fiche au nom de Bobby Callahan. Dans une certaine mesure cela avait quelque chose de rassurant et d'apaisant de réduire les faits à un bref résumé ponctué de dates. J'y insérai son chèque, en inscrivant le montant et ajoutai une copie du contrat qu'il avait signé. Je notai également les coordonnées des parents de Rick et de l'ex-petite amie de Bobby, ainsi que les noms des personnes présentes la veille chez Glen Callahan. Je n'écrivis aucun commentaire, aucune hypothèse. Je me contentai de percer deux trous en haut de la feuille avec ma poinçonneuse et de glisser le tout dans une pochette transparente avant de la ranger dans mon classeur.

Quand je jetai un coup d'œil à ma montre, il était 10 h 30. Bobby s'imposait une séance quotidienne de rééducation, contrairement à moi qui avais réparti mes efforts sur le lundi, le mercredi et le vendredi. Peut-être était-il encore dans la salle de gymnastique. Le temps de fermer le bureau et je filai en direction du club Fitness, où je déboulai à la seconde où il en sortait. Ses cheveux étaient encore humides de la douche et une bonne odeur de savon imprégnait sa peau. En dépit de ses infirmités, quelque chose de l'ancien Bobby Callahan transparaissait dans ce corps cassé, quelque chose de fort et de jeune, qui rappelait les splendides surfers blonds de Californie. Comparé aux photos cauchemardesques que je venais de voir, il avait l'air miraculeusement reconstitué, en dépit des cicatrices qui barraient son visage. Dès qu'il m'aperçut, il sourit à demi et s'essuya mécaniquement le menton.

— Je ne pensais pas vous voir ici ce matin, me dit-il.

— Comment s'est passée la séance ?

Il fit un signe de tête qui signifiait « couci-couça », et j'enroulai mon bras autour du sien.

— Je voudrais vous demander quelque chose, mais vous n'êtes pas obligé d'accepter, déclarai-je.

— Quoi ?

J'hésitai un instant.

— J'aimerais que vous m'accompagniez jusqu'au col et que vous me montriez l'endroit où vous avez basculé.

Son sourire s'effaça. Il détourna les yeux et se remit à marcher en direction de sa voiture.

— D'accord. Mais avant je veux passer voir Kitty.

— Les visites sont autorisées ?

— Même si elles ne le sont pas, on fera une exception pour moi. Les gens ont horreur de contrarier un handicapé. J'obtiens pratiquement tout ce que je veux.

— Sale gosse !

— Je serais bien bête de ne pas en profiter, répondit-il d'un air penaud.

— Vous voulez conduire ?

Il secoua la tête.

— Non. Je dépose ma voiture devant la maison et puis je monte dans la vôtre.

Je me garai sur le parking de *St. Terry*, et j'attendis dans la bagnole. Kitty devait être de nouveau sur pied, maintenant, plus que jamais déterminée à se tirer de là, insupportable avec tout le monde. La terreur du service de psychiatrie... J'avais l'intention de lui parler, mais pas maintenant. Je préférais lui laisser le temps de se calmer.

J'étais en train de tripoter les boutons de mon autoradio pour obtenir un peu de musique quand Bobby réapparut, le visage soucieux. Je coupai la radio et mis le moteur en marche.

— Ça va ?

— Sûr...

Il resta parfaitement calme tandis que je bifurquais dans une petite rue secondaire qui, en coupant Santa Teresa par le milieu, débouchait directement au pied des collines. Le ciel d'un bleu très pâle, uniforme, sans un nuage, aurait pu être peint au rouleau. Il faisait très chaud, et les collines d'un brun desséché jaillissaient du sol comme des touffes de bruyère sauvage. L'herbe qui foisonnait sur les bas-côtés avait viré au jaune paille. De temps à autre, on apercevait des lézards étalés sur les rochers, gris et immobiles comme des branches d'arbres.

La route serpentait dur et. bien que j'ai rétrogradé par deux fois déjà, ma petite Volkswagen continuait à haleter sous l'effort.

— J'ai cru que je m'étais rappelé quelque chose, déclara Bobby au bout d'un moment. Mais je n'arrive pas à le cerner. C'est pour ça que je voulais voir Kitty.

— Quel genre de chose ?

— J'avais un carnet d'adresses. Un de ces trucs en cuir de la taille d'une carte à jouer. Bon marché. Rouge. Par sécurité, je l'ai confié à quelqu'un. Je ne sais plus à qui.

Il secoua la tête d'un air accablé.

— Vous ne vous rappelez pas ce qu'il contenait d'important ?

— Non. Je me souviens que j'étais inquiet de l'avoir en ma possession, parce que c'était dangereux, et que je l'ai refilé à quelqu'un. Je me rappelle m'être dit que je le récupérerais plus tard.

Il eut un rictus de dérision.

— Amusant, non ?

— C'était avant ou après l'accident ?

— Je n'en sais rien. Je me souviens juste de l'avoir confié à quelqu'un.

— Ce n'était donc pas risqué pour cette personne ?

— Je suppose que non.

Il s'était étendu sur son siège de façon à pouvoir poser sa nuque contre l'appuie-tête. Il contemplait la ligne dentelée des collines qui nous environnaient.

— Je *hais* cette sensation. Je ne supporte pas l'idée d'avoir un jour su quelque chose et de n'être pas fichu de me rappeler quoi. Comme si ma mémoire s'était volatilisée par une fissure dans mon crâne.

— Qu'est-ce qui vous a amené à penser à ce carnet d'adresses ?

— Le hasard. Je fouillais dans un tiroir quand je suis tombé sur le calepin assorti. D'un coup, un flash.

Il redevint silencieux. Je m'aperçus brusquement qu'il était tendu à l'extrême. Il pétrissait sa mauvaise main comme chaque fois qu'il était nerveux.

— Kitty n'était pas au courant ?

— Non.

— Comment va-t-elle ?

— Elle est très agitée. Je crois que Derek doit lui rendre visite dans l'après-midi.

Il se tut. Un tic agitait sa paupière gauche. On approchait.

— Ça va aller ?

Il regardait le bord de la route avec intensité.

— On y est. Ralentissez et tâchez de vous garer.

A cet endroit, la route passait de quatre voies à trois et j'avais plusieurs voitures aux fesses. Je repérai une petite aire gravillonnée sur ma droite, où je m'arrêtai. Le pont était juste un peu plus haut, à une vingtaine de mètres. Bobby resta immobile, le regard fixé sur le gouffre qui béait à sa droite. Il n'avait pas plu depuis des mois. Le paysage semblait presque crayeux, comme délavé par la chaleur.

Le canyon mortel était devant nous. La majeure partie du rail de sécurité avait été remplacée, mais à l'entrée du pont il manquait toujours un large morceau de béton.

— L'autre voiture a commencé à nous pousser par-derrière au moment où on atteignait la crête de la colline, déclara Bobby.

Je sentis qu'il voulait dire autre chose, et j'attendis en

silence.

Il descendit de voiture et fit quelques pas. Le gravier crissait sous ses pieds. Son visage exprima un mélange d'appréhension et de répulsion quand il se pencha pour regarder la pente rocheuse. Je jetai un coup d'œil aux voitures qui passaient. Personne ne nous accordait la moindre attention.

J'étudiai la scène, reconnaissant au passage un rocher éraflé que j'avais vu sur les photos, le tronc mutilé du jeune chêne fauché de plein fouet. Je savais que la police de Santa Teresa avait nettoyé l'endroit de fond en comble. Il était donc parfaitement inutile de chercher un morceau de verre ou un brin de tissu accroché aux broussailles.

Bobby se tourna vers moi.

— Il vous est arrivé de frôler la mort ?

— Oui.

— Je me souviens que je me suis dit : « Ça y est. Tu es mort. Foutu. » J'étais complètement déconnecté. Comme une plante qu'on aurait arrachée par les racines. Une bulle d'air.

Il s'interrompit et inspira profondément.

— Après, j'avais froid, j'avais mal partout, des tas de gens me parlaient mais je ne comprenais rien. J'étais à l'hôpital. Deux semaines avaient passé. Je me suis demandé depuis si les nouveau-nés éprouvent aussi ce sentiment de désarroi et d'impuissance. C'était un tel combat pour rester accroché à la vie. Pour jeter de nouvelles racines. Je savais que je n'avais qu'à lâcher prise pour redevenir une bulle d'air qui flotte dans le ciel. Loin de tout...

— Mais vous vous êtes accroché.

— Ma mère l'exigeait ! Chaque fois que j'ouvrais les

yeux, elle était là. Chaque fois que je les fermais, j'entendais sa voix. Elle me disait : « On va s'en sortir, Bobby. On va réussir, toi et moi. »

Il redevint silencieux. Je me demandai ce qu'on peut ressentir quand on a une mère qui vous aime à ce point. Mes parents étaient morts dans un accident, lorsque j'avais cinq ans. On était en promenade, un dimanche après-midi. Soudain, un rocher s'était détaché de la montagne pour venir s'écraser sur le pare-brise de la voiture. Mon père avait été tué sur le coup, ma mère avait survécu quelque temps. Moi, j'étais assise sur la banquette arrière et le choc m'avait projetée sur le sol. Coincée par le toit effondré, je l'avais entendue gémir et pleurer, puis le silence était retombé. Horrible et sans appel. Il avait fallu des heures pour me dégager de la tombe où j'étais ensevelie vivante avec ceux qui m'avaient aimée mais qui n'existaient plus. Ensuite, j'avais été élevée par une tante armée d'un solide bon sens, qui avait fait de son mieux, qui m'avait sincèrement aimée, bien qu'avec une sorte de réserve guindée qui avait fait naître en moi un sentiment de frustration.

Bobby, lui, avait été entouré d'un amour si puissant qu'il l'avait arraché à la mort. Ça pouvait paraître idiot quand on le voyait ainsi handicapé, mais d'une certaine façon je l'enviais. Je m'aperçus que j'avais les larmes aux yeux et je me mis à rire bêtement en retournant vers la voiture.

Il n'y avait pas eu de déclic miracle, la mémoire ne lui était pas revenue d'un coup de baguette magique, mais j'avais vu le précipice où on l'avait envoyé valdinguer, et ça suffisait à resserrer les liens qui nous unissaient.

— Vous étiez revenu ici depuis l'accident ?

— Non. Je n'en ai jamais eu le courage et personne n'a jamais pensé à m'y emmener.

Je lançai le moteur de ma voiture.

— Qu'est-ce que vous diriez d'une bonne bière bien fraîche ?

— Qu'est-ce que vous diriez d'un bourbon *on the rock ?*

On se rendit à la *Stage Coach Tavern,* juste à la sortie du col, où on bavarda jusqu'à la fin de l'après-midi.

CHAPITRE VIII

Lorsque je le déposai devant chez lui, à 5 heures, il marqua une hésitation, revint sur ses pas et s'appuya à la portière de ma voiture pour me regarder.

— Vous savez ce qui me plaît en vous ? me dit-il.

— Non ?

— Quand je suis avec vous, je n'ai pas l'impression d'être difforme et repoussant. Je me sens bien, presque normal. Je ne sais pas comment vous faites, mais c'est formidable.

Je le regardai quelques secondes, brusquement intimidée, puis je lui souris.

— Je vais vous le dire : vous me faites penser à un cadeau d'anniversaire que quelqu'un aurait envoyé par la poste. Le papier est froissé et l'emballage a souffert, mais le contenu est toujours sensationnel. J'aime beaucoup votre compagnie.

Un demi-sourire naquit sur ses lèvres, puis disparut. Il avait quelque chose d'autre en tête, mais il ne savait pas comment le dire.

— Oui ? dis-je pour l'encourager.

Son regard se planta dans le mien, et j'y reconnus une petite flamme qui m'était familière.

— Si j'étais... si je n'étais pas en morceaux, est-ce que vous auriez été tentée d'avoir une aventure avec moi ?

— Vous voulez la vérité vraie ?

— Seulement si elle est flatteuse.

J'éclatai de rire.

— La vérité, c'est que, si je vous avais rencontré avant l'accident, j'aurais probablement été pétrifiée de timidité. Vous êtes trop bien, trop riche et trop jeune. Alors, je crois que j'aurais dit non. D'ailleurs, si vous n'étiez pas « en morceaux », comme vous dites, je ne vous aurais sans doute jamais connu. Vous n'êtes pas du tout mon type, vous savez.

— C'est quoi, votre type ?

— Je ne sais pas, je n'ai pas encore dressé de portrait-robot.

Il m'observa pendant plusieurs secondes, et j'en profitai pour tâcher de calmer le jeu.

— Allez-y, videz votre sac.

— Comment faites-vous pour me donner l'impression que je ne suis pas si monstrueux que ça ?

— Bon sang, vous n'êtes pas monstrueux du tout ! Allez, suffit. Nous reprendrons cette conversation plus tard.

Il s'écarta en souriant et recula pour me permettre d'effectuer mon demi-tour.

Je rentrai directement chez moi. Il était 17 h 15, j'avais le temps de faire un poil de course à pied. C'était assez inutile car j'avais passé l'après-midi entier à boire de la bière en me gavant de côtelettes grillées au barbecue. Mais un peu de discipline ne me ferait pas de mal.

J'enfilai ma tenue de jogging et parcourus mes trois

kilomètres tout en réfléchissant à la meilleure façon de commencer mon enquête. Le moins qu'on puisse dire, c'est qu'elle s'annonçait sacrément compliquée. Je pourrais peut-être débuter par une visite au Dr Fraker, dans le service de pathologie, en profiter pour passer voir Kitty, et ensuite jeter un œil sur les journaux locaux, aux archives, datés d'avant l'accident. Peut-être qu'un événement apparemment banal à l'époque m'éclairerait sur les motifs qui pouvaient pousser quelqu'un à vouloir la mort de Bobby ?

A 7 heures je me rendis chez Rosie pour boire un verre de vin. Je me sentais nerveuse et inquiète. Bobby aurait-il inconsciemment déclenché quelque chose ? C'était chouette d'avoir quelqu'un à qui parler, chouette de passer un après-midi sympa en bonne compagnie, chouette de retrouver un visage familier. Mon affection pour ce garçon n'avait rien de maternel. Elle était plutôt fraternelle. Amicale. Il était drôle, gentil. C'était reposant d'être avec lui.

Je réclamai un verre de vin au bar, et puis j'allai m'installer au fond de la salle. Pour un mardi soir, il y avait foule : deux types accoudés au comptoir et un vieux couple partageant pour le meilleur et pour le pire une assiette de crêpes enduites de confiture. Immobile derrière le bar, Rosie tirait sur sa cigarette, un œil mi-clos. Rosie est une Hongroise d'une soixantaine d'années, avec d'incroyables cheveux teints en auburn qu'elle natte de chaque côté de son visage et qu'elle fixe à grand renfort de laque. D'un coup de pinceau à maquiller, elle arrive à transformer ses yeux en deux boules de loto. Plus large que haute, elle est têtue comme une mule. Bref, une femme fascinante.

Son bar lui ressemble : à la fois sommaire et excentrique. Des cloisons séparent les tables sur lesquelles des mains anonymes mais obsédées ont gravé des inscriptions obscènes. Rosie ne lit peut-être pas assez bien l'anglais pour comprendre la teneur de ces graffiti pour le moins primitifs. Possible aussi qu'ils reflètent exactement ses opinions. Comment savoir, avec elle ?

Je m'aperçus qu'elle fixait la porte d'entrée avec une attention soutenue. Je suivis son regard. Henry venait d'apparaître, accompagné de sa dernière conquête, Lila Sams en personne. Il se dirigea vers une table qui lui semblait raisonnablement propre et tira une chaise. Lila s'y installa, son grand sac en plastique blotti sur ses genoux comme un petit chien. Elle portait une robe printanière avec des coquelicots rouges sur fond bleu et semblait sortir des mains du coiffeur. Henry s'assit et jeta un coup d'œil vers le box où je m'installe habituellement. Je lui adressai un petit signe de la main auquel il répondit par un geste identique. La tête de Lila pivota aussitôt dans ma direction et un sourire hypocrite étira sa bouche.

Dans l'intervalle, Rosie avait replié son journal du soir et quitté son tabouret. Fascinée, je la regardai fendre la salle comme un requin assoiffé de sang.

Elle avait tiré son carnet de sa poche et attendait la commande de Henry, ignorant superbement la présence de l' « autre ». Elle me fait exactement le même coup quand je viens avec une amie. Rosie ne parle pas aux étrangers. Elle n'honore pas d'un regard quelqu'un qu'elle ne connaît pas. Surtout s'il s'agit d'une femme. Henry combina un menu avec Lila, puis passa commande et les ennuis commencèrent. Je soupçonnai Lila d'avoir choisi un plat qui ne cadrait pas avec l'idée que Rosie se faisait de la cuisine hongroise. Peut-être qu'elle avait demandé qu'on ne poivre pas son plat, ou qu'on lui serve un truc rôti plutôt que frit. Lila était du genre à avoir plein de tabous culinaires. Malheureusement pour elle, Rosie est le seul arbitre en la matière. Vous mangez ce qu'elle a décidé, ou vous allez vous faire voir ailleurs. Le ton monta, du moins du côté de Lila parce que Rosie, elle, ne proférait pas un mot. Elle était chez elle ici, ce qui lui donnait tous les droits. Les deux hommes qui discutaient politique au comptoir se retournèrent pour regarder le spectacle. Le couple dévoreur de crêpes se figea, fourchette en l'air.

Lila repoussa violemment sa chaise. Je crus un instant qu'elle allait frapper Rosie avec son porte-monnaie, mais elle se contenta de lui lancer un truc qui ne devait pas être piqué des hannetons avant de foncer vers la porte, Henry trottinant sur ses talons. Sereine, Rosie les regarda déguerpir, un petit sourire satisfait aux lèvres. Un ange plana sur la salle. Personne, moi la première, n'osait piper mot.

Il s'écoula vingt minutes avant que Rosie trouve un prétexte pour me rejoindre. Mon verre étant vide, elle le remplit avec une sollicitude des plus suspectes, puis croisa les bras sur sa poitrine et oscilla d'avant en arrière. Ça, c'est le signe indiscutable qu'elle veut toute votre attention ou que vous n'avez pas admiré sa cuisine avec assez d'enthousiasme.

— Je crois que vous avez perdu une cliente, déclarai-je.

— C'est une sale créature, une femme vulgaire. Elle est déjà venue ici une fois, et c'était une fois de trop. Henry doit être tombé sur la tête pour m'amener une gonzesse pareille. Qui est-ce, d'abord ?

Je haussai les épaules.

— Tout ce que je sais, c'est qu'elle s'appelle Lila Sams. Elle loue une chambre chez Mrs. Lowenstein, et Henry a l'air complètement sens dessus dessous.

— C'est elle qui va se retrouver sens dessus dessous si elle remet les pieds ici ! Qu'est-ce qu'elle lui veut ?

— Là, vous m'en demandez trop. Peut-être qu'ils sont simplement contents d'être ensemble ? Henry est plutôt bel homme, si vous voulez mon avis.

— Je me contrefiche de votre avis ! Henry est très bel homme, c'est sûr. C'est aussi un chic type, et j'aimerais bien savoir ce qu'il trouve à cette espèce de vipère !

— Elle a peut-être des vertus cachées ?

— Vous plaisantez ! Je suis sûre qu'elle magouille quelque chose de pas très catholique. Je vais dire deux mots à Mrs. Lowenstein. Qu'est-ce qui lui prend de louer sa chambre à une femme comme ça ?

Je me posai également la question tout en rentrant chez moi. Mrs. Lowenstein est une veuve qui possède beaucoup de biens dans les alentours. Je ne pouvais pas croire qu'elle ait besoin de cet argent, et j'étais curieuse de savoir comment Lila Sams avait atterri sur le seuil de sa porte.

La lumière de la cuisine de Henry était allumée, et je perçus les accents éplorés de Lila. Sa rencontre avec Rosie l'avait visiblement bouleversée au point qu'elle demeurait inconsolable, malgré les paroles d'encouragement que lui adressait Henry. Je fermai résolument ma porte pour mettre un rempart entre ses jérémiades et moi.

Je lus six chapitres terrifiants d'un roman policier, puis j'éteignis la lumière et me mis au lit, bien calée sur mes oreillers. La voix aigre de Lila me bourdonnait encore dans les oreilles comme un moustique. Je n'entendais pas ce qu'elle disait, mais le ton était agressif et méchant. Comment Henry ne voyait-il pas la vraie nature de cette fille ? Les gens sont incroyablement aveugles dès que le sexe est en jeu...

Je me réveillai à 7 heures, avalai une tasse de café en lisant le journal, puis filai au club Fitness pour ma séance du mercredi. En repérant la voiture de Bobby sur le parking, je souris, toute contente à l'idée de le revoir.

La salle était inhabituellement encombrée pour un milieu de semaine. Je notai cinq ou six gars balèzes, occupés à soulever des poids, deux femmes moulées dans une combinaison de scaphandrier et un entraîneur supervisant le travail d'une jeune actrice à l'arrière-train respectable. J'aperçus Bobby de l'autre côté de la salle. Son T-shirt était déjà trempé et ses cheveux blonds ruisselaient de sueur. Préférant ne pas l'interrompre au milieu de ses tractions de jambes, je me mis au travail sans plus attendre.

Je débutai par quelques mouvements de biceps, histoire de m'échauffer. Je connaissais les enchaînements par cœur, maintenant, et cette routine commençait à me peser. Je ne suis pas quelqu'un de très patient. Quand je décide quelque chose, ce qui m'intéresse c'est le résultat, pas les efforts préalables. Je poursuivis quand même par des rotations du poignet, de plus en plus rapides. J'avais hâte d'en finir pour pouvoir déjeuner avec Bobby s'il était libre.

J'entendis brusquement un bruit métallique suivi d'un choc sourd. Bobby venait de perdre l'équilibre en trébuchant sur une pile de disques de lancer. Il ne s'était pas fait mal, apparemment, mais, alors qu'il essayait maladroitement de se relever, il m'aperçut et son visage s'empourpra. Il repoussa une main qui se tendait pour l'aider et, seul, se dirigea en boitant vers un espalier. Une colère impuissante grondait en lui, durcissait ses traits. Il s'essuya le menton, concentré sur sa jambe gauche déformée par une crampe, et qui échappait à son contrôle. Grondant de dépit, il frappa rageusement sa cuisse avec son poing fermé, comme si par ce geste il affirmait son autorité sur ses membres défaillants. Je mourais d'envie d'aller à son secours mais je m'en empêchai parce que je savais que mon initiative ne ferait qu'envenimer les choses. La crampe disparut aussi subitement qu'elle était venue. Bobby reprit son souffle, tête baissée. Puis, dès qu'il s'en sentit la force, il rafla une serviette et prit la direction des vestiaires, renonçant à finir sa séance d'entraînement.

Je bâclai le reste de mes mouvements et filai sous la douche. Je m'attendais à ce que la voiture de Bobby ait disparu, mais elle était encore là. Bobby était effondré contre le volant, la tête appuyée sur ses bras repliés, ses épaules secouées de hoquets convulsifs. Après un moment d'hésitation, je m'approchai lentement et m'assis sans bruit à côté de lui. Il n'y avait rien que je puisse dire ou faire pour le consoler. Je n'avais aucun moyen d'apaiser son désespoir. Je n'avais que ma présence, et l'espoir qu'il comprendrait combien je me sentais proche de lui.

Il se calma peu à peu, sécha ses yeux avec sa serviette et se moucha, le visage détourné.

— Vous voulez un café ?

Il secoua la tête.

— J'ai besoin d'être seul. O.K. ?

— O.K. Je vais travailler. Si j'ai quelque chose

d'intéressant, je vous appellerai peut-être dans l'après-midi. Vous n'avez besoin de rien, pendant que je suis là ?

— Non.

Il s'exprimait avec une sorte d'indifférence, comme vidé, accablé de cafard.

— Bobby...

— Non ! Je n'ai besoin de rien, et surtout pas de votre aide ! Je veux qu'on me foute la paix. Vu ?

J'ouvris la portière.

— Je vous ferai signe. Prenez bien soin de vous.

Il agrippa la poignée de la portière et la referma violemment. Puis il lança son moteur et je reculai d'un pas tandis qu'il démarrait sur les chapeaux de roue.

Je ne devais plus le revoir vivant.

CHAPITRE IX

Le service de pathologie de *St. Terry* se trouve au sous-sol, au milieu d'un fouillis incroyable de bureaux minuscules. Des kilomètres de couloirs labyrinthiques desservent les salles d'entretien, de nettoyage, d'appareillage, de matériel chirurgical. Alors que les étages supérieurs ont été rénovés et aménagés avec goût, le décor du sous-sol se résume en tout et pour tout à un revêtement en vinyl marron et sur les murs une vague couche de peinture blanc sale. L'air sent le chaud et le renfermé. Par les portes entrouvertes on devine l'accumulation terrifiante de machines monstrueuses et de câbles aussi énormes que des conduits d'égouts.

Il y avait foule dans les couloirs ce jour-là, êtres vêtus d'uniformes ternes, pâles et fantomatiques comme les habitants d'une cité souterraine, sevrés de soleil. Le service de pathologie lui-même offrait un contraste plutôt agréable : spacieux, bien éclairé, décoré dans des teintes bleu roi et gris, il abritait une cinquantaine de laborantins qui se distrayaient en analysant les spécimens de sang, d'os et de peau qu'on leur envoyait des étages supérieurs. Dans une ambiance feutrée, les ordinateurs ronronnaient, les téléphones vibraient, jusqu'aux machines à écrire qui travaillaient en sourdine, enregistrant discrètement les secrets de l'humaine condition. Tout n'était qu'ordre, efficacité et calme. A croire que ce lieu avait le pouvoir de domestiquer la souffrance et la maladie. Ici, on prenait la mort à bras le corps, on la démystifiait, on la calibrait, on l'analysait, on l'étiquetait. Les microscopes se transformaient en détectives, et traquaient des tueurs d'une autre espèce que ceux que j'étais chargée de démasquer.

— Puis-je vous aider ?

Je me tournai vers la réceptionniste qui venait de parler.

— Je cherche le Dr Fraker. Savez-vous s'il est là ?

— Normalement, oui. Prenez le couloir, et tournez deux fois à gauche. Quelqu'un vous renseignera.

Je le trouvai dans un box tapissé d'étagères et meublé très simplement d'un bureau, d'un fauteuil pivotant, de plantes vertes et d'une peinture moderne. Les pieds sur son bureau, il lisait un manuel de médecine de la taille de l'*Oxford English Dictionary,* en mâchouillant la branche de ses lunettes qu'il tenait à la main. Il était solidement charpenté, avec des épaules larges et des membres trapus. Des cheveux d'un gris argenté encadraient son visage rosé. Les années avaient fripé sa peau, un peu comme un drap en coton fraîchement lavé en attente de repassage. Il portait sa blouse verte de chirurgien et des bottines assorties.

— Docteur Fraker ?

Les yeux gris qui se levèrent sur moi m'identifièrent instantanément.

— Vous êtes l'amie de Bobby Callahan, n'est-ce pas ?

— En effet. Puis-je vous parler un instant ?

— Mais certainement. Je vous en prie, entrez.

Il se leva pour me serrer la main, puis me désigna une chaise et se rassit.

— Que puis-je pour vous ? Glen m'a raconté que Bobby avait engagé quelqu'un pour enquêter sur l'accident.

— Il est convaincu qu'il s'agissait d'une tentative de meurtre. On aurait poussé sa voiture dans le vide. Vous en a-t-il parlé ?

Le Dr Fraker secoua la tête.

— Je ne l'ai pas vu depuis des mois, excepté lundi soir. Un meurtre... Qu'en pense la police ?

— Je ne sais pas encore. J'ai une copie du rapport de l'accident. Le moins que l'on puisse dire, c'est qu'il n'y a pas beaucoup d'indices. Et comme la scène n'a pas eu de témoin...

— C'est assez invraisemblable, non ?

— Généralement, en effet, il y a toujours quelque chose qui ressemble à un semblant de piste. Du verre brisé, des traces de pneus, des impacts sur la carrosserie. Peut-être que le meurtrier — si meurtre il y a — s'est arrangé pour effacer les preuves existantes. Pour l'instant, je n'ai pas d'opinion. Bobby prétend qu'il était en danger. Mais il ne se souvient pas pourquoi.

Le Dr Fraker fit pivoter son fauteuil.

— Je serais assez tenté de croire Bobby, dit-il. C'était un garçon brillant. Et un étudiant très doué. C'est vraiment lamentable de voir dans quel état il est. Que compte-t-il faire ?

— Pour le moment il n'en a aucune idée. Quelqu'un cherche à le supprimer, voilà son obsession.

Le médecin essuya ses lunettes, le front plissé.

— Curieuse affaire. J'avoue que je ne vois pas très bien en quoi je peux vous être utile.

Je haussai les épaules.

— Qui sait ? Vous pouvez m'apporter involontairement une information qui m'éclaire. Il a travaillé combien de temps pour vous, exactement ?

— Il a commencé en septembre, je crois. Marcy vous donnera les dates exactes.

— J'ai cru comprendre qu'il avait été engagé dans ce laboratoire grâce à l'amitié qui vous lie à sa mère.

— Eh bien, oui et non. Nous avons toujours quelques places vacantes pour les étudiants en médecine. Il se trouve que Bobby avait rempli une demande. Vous savez, quelle que soit l'importance de Glen, nous n'aurions pas embauché son fils s'il avait été un incapable. Voulez-vous une tasse de café ?

— Volontiers, merci.

Il orienta son fauteuil vers le bureau de sa secrétaire, voisin du sien :

— Marcy, pouvez-vous nous apporter deux cafés, je vous prie ? Désolé de vous avoir interrompue, reprit-il en revenant vers moi.

— Je vous en prie. Bobby disposait-il d'un bureau personnel ?

— Oui, mais nous avons retiré toutes ses affaires après l'accident. Personne ne pouvait compter qu'il s'en sortirait, vous savez, et il nous a fallu lui trouver rapidement un remplaçant. Nous sommes très vite débordés, ici.

— Que sont devenues ses affaires ?

— Nous les avons rangées dans un carton que j'ai transmis à Derek. J'ignore ce qu'il en a fait.

— Vous vous souvenez de son contenu ?

— Ma foi, un peu de tout. Rien d'important, en tout cas. Essentiellement des affaires de bureau.

Je me promis de rechercher ce carton. Normalement, il était toujours chez les Callahan.

— En quoi consistait exactement le travail de Bobby ? repris-je.

— Eh bien, il partageait son temps entre le labo et la morgue, à Frontage Road. Je dois justement y faire un saut. Vous pouvez m'accompagner si vous voulez, ou bien me suivre en voiture.

— Je croyais que la morgue était ici ?

— Il y en a une, oui, mais elle ne nous suffisait pas. Nous avons dû chercher un local plus grand. *St. Terry* possède également des bureaux à l'extérieur, dans l'immeuble du Comté Général.

— Je ne me doutais absolument pas que cette vieille bâtisse était encore en activité.

— Il y a même un cabinet privé de radiologie qui s'est installé là-bas. Nous, nous y reléguons la plupart de nos archives médicales. C'est un peu délabré, mais nous ne pourrions pas nous en passer.

Marcy faisait son apparition avec deux tasses remplies à ras bord. C'était une très jeune femme brune, sans aucun maquillage. Elle m'adressa un petit sourire poli et se retira aussitôt.

Tandis que nous buvions notre café, le Dr Fraker m'expliqua comment fonctionnait le service puis il m'emmena au labo et me montra en quoi consistait le travail de Bobby, effectivement pas très compliqué. Je notai mentalement le nom de deux de ses collaborateurs, qui pourraient m'être utiles pour plus tard.

Dès que le Dr Fraker eut signé les papiers que lui présentait Marcy, je le suivis en voiture jusqu'au bâtiment qui abritait la morgue. Le complexe se remarquait de loin. C'était une sorte de labyrinthe posé au milieu du paysage, avec des murs jaunis et un toit en tuiles rouges brunies par le temps. On le dépassa, puis on bifurqua à gauche vers Frontage Road, où se trouvait l'entrée principale.

Le Comté Général avait abrité autrefois un centre médical florissant, destiné à recevoir la communauté de Santa Teresa. Les années passant, il s'était spécialisé dans l'accueil des plus défavorisés : convalescents sans ressources, émigrés clandestins et victimes en tout genre des agressions du samedi soir. La clientèle l'avait peu à peu boudé pour se tourner vers *St. Terry* ou les cliniques privées avoisinantes, et l'endroit s'était transformé progressivement en ville fantôme.

Il y avait peu de voitures sur le parking. Je me garai à côté du Dr Fraker et verrouillai ma portière. Malgré de visibles efforts pour entretenir les lieux, la route se fendillait et des touffes d'herbe commençaient à apparaître dans les interstices. L'architecture était une fois de plus empruntée au style espagnol : de larges porches trouaient la façade, et de profonds renfoncements laissaient entrevoir des fenêtres ornées de barreaux en fer forgé.

Le hall spacieux avait manifestement subi des tentatives de modernisation. La lumière blafarde des tubes de néon fixés aux plafonds avait quelque chose de malsain. A l'intérieur de guichets aménagés sous les arches, il n'y avait personne, ni à l'accueil ni aux admissions. Je perçus le cliquetis hésitant d'une machine à écrire manuelle.

En proie à un certain malaise, je suivis le Dr Fraker qui me pilotait dans les couloirs. Selon lui, Bobby faisait constamment la navette entre ces locaux et *St. Terry* afin de récupérer les dossiers d'anciens patients qui devaient être de nouveau hospitalisés. Même si la plupart des fiches étaient désormais stockées sur ordinateur, il restait encore des tonnes de paperasses qu'il fallait bien remiser quelque part.

Nous avancions maintenant en direction des sous-sols, et le bruit dissonant de nos pas résonnait lugubrement contre les carreaux rouges des marches de l'escalier. L'hôpital est construit à flanc de colline, tout l'arrière de la bâtisse s'enfonce sous terre alors que la façade donne sur des allées en partie envahies de buissons. La température était glaciale en bas, et l'air saturé de relents de désinfectant. Une flèche sur le mur nous indiqua la direction de la salle d'autopsie. J'essayai de me blinder mentalement contre ce que j'allais découvrir.

Le Dr Fraker fit glisser une porte en verre dépoli par laquelle je jetai un œil prudent pour m'assurer que je n'allais pas tomber sur un type en train de charcuter un cadavre avec un couteau à désosser. Le Dr Fraker dut sentir mon appréhension car il m'effleura l'épaule.

— Il n'y a pas de travail en cours, m'informa-t-il en me précédant dans la pièce.

Je souris un peu jaune et le suivis. A première vue, la salle semblait déserte. J'entrevis des murs revêtus de céramique vert pomme. De longs casiers s'y appuyaient, en acier inoxydable, pourvus de tiroirs. L'ensemble constituait une sorte de cuisine ultramoderne pour magazine de décoration. Au centre un bloc en acier inoxydable, muni d'un large évier, de robinets coudés et de rigoles d'évacuation. Je serrai les dents de répulsion à l'idée de ce qui se déroulait ici...

Une porte à battants située à l'autre bout de la pièce s'ouvrit à la volée, et un jeune homme en tenue de chirurgien apparut, tirant un chariot. Un épais plastique opaque dissimulait une forme allongée immobile. Un pied dépassait à une extrémité et, à l'autre bout, j'aperçus des cheveux bruns et un visage blême emmailloté dans du plastique comme une momie. Je détournai vivement les yeux et inspirai à fond, juste pour me prouver que j'en étais capable.

Le Dr Fraker me présenta au nouvel arrivant. Kelly Borden avait une trentaine d'années, des yeux doux, une barbe, des moustaches en guidon de bicyclette, et des cheveux déjà grisonnants qui pendaient en natte dans son dos.

— Kinsey est un détective privé qui enquête sur l'accident de Bobby Callahan, lui expliqua le Dr Fraker.

Kelly hocha la tête, le visage neutre. Il poussa le chariot vers quelque chose qui ressemblait à un grand réfrigérateur et le plaça à l'intérieur, à côté d'un autre chariot, également occupé.

Le Dr Fraker se tourna vers moi.

— J'ai deux ou trois choses à faire à l'étage. Voulez-vous parler un moment avec Kelly ? Peut-être pourra-t-il vous fournir des renseignements intéressants. Nous reprendrons notre conversation dès que vous le souhaiterez.

— Parfait, acquiesçai-je.

CHAPITRE X

Une fois le Dr Fraker parti, Kelly Borden sortit une bouteille de désinfectant et se mit à vaporiser les casiers en acier inoxydable, chassant méthodiquement le moindre grain de poussière. C'était une façon polie de m'ignorer, mais je ne bronchai pas. J'en profitai pour faire le tour de la pièce et jeter un coup d'œil aux vitrines garnies de scalpels, de forceps, de petites scies à métaux et autres objets des plus sympathiques.

— Je croyais qu'il y aurait davantage de cadavres, déclarai-je.

— A côté, répondit-il en désignant la pièce d'où il était sorti.

— Je peux regarder ?

Il haussa les épaules.

Je poussai la porte à battants. La pièce, à peu près de la taille de mon appartement, était occupée par des paillasses en fibre de verre disposées en étages, comme de bizarres lits superposés. Il y avait là huit corps, la plupart enveloppés dans ces affreux plastiques jaunes d'où émergeait parfois un bras ou une jambe. Un mélange de sang et de plasma s'était coagulé à la surface des sacs. Deux corps étaient recouverts d'un drap. Un

odt
Alpirsbach
Schenkenzell
Schramberg
Schiltach
Bad Rippoldsau
Schapbach
Oberwolfach
Brandenkopf 931 m
Kirnbach
Gut
Wolfach
Hausach
Fischerbach
d Peterstal

Schloß Favorite bei Rastatt

autre, celui d'une vieille dame, était entièrement nu, raide comme un morceau de bois. Une atroce incision en forme de Y avait été pratiquée au niveau de son ventre, puis recousue à gros points maladroits. J'eus envie de la recouvrir, mais à quoi bon ? Elle était au-delà du froid, de la souffrance et de la pudeur. Je pris à nouveau une profonde inspiration, puis je retournai vers la chaleur de la salle d'autopsie.

— Jusqu'à combien de... pensionnaires pouvez-vous recevoir ?

— Je dirais une cinquantaine. Mais on n'en a jamais plus de huit à la fois.

— Je croyais qu'on les conduisait directement au cimetière.

— Seulement en cas de mort naturelle. Nous héritons des autres : les victimes de meurtres, les suicidés, les accidentés, tous ceux dont le décès a été jugé suspect ou étrange. Ils sont généralement autopsiés et envoyés au cimetière dans une période relativement courte. Sur les dix qu'on a en ce moment, deux ne sont pas encore identifiés. Quelquefois ce sont les formalités d'inhumation qui restent en suspens. Dans ces cas-là, on garde le corps en attendant de dénicher la famille la plus proche. On en a deux, comme ça, qu'on conserve depuis des années. Franklin et Eleanor. Ce sont nos mascottes.

Je croisai les bras pour me réchauffer et m'adossai au mur. Il était temps d'aborder un sujet de conversation plus sympathique.

— Vous connaissez bien Bobby Callahan ? lui demandai-je en le regardant astiquer les robinets de l'évier.

— Pas du tout. Nous travaillions dans des équipes différentes.

— Depuis combien de temps êtes-vous ici ?
— Cinq ans.
— Que faites-vous pendant vos loisirs ?

Il s'immobilisa et tourna les yeux vers moi. Visiblement, il n'aimait pas les questions personnelles, mais il était trop bien élevé pour m envoyer promener.

— Je suis musicien. Je joue de la guitare de jazz, dit-il à contrecœur.

J'hésitai un instant.

— Vous avez entendu parler de Daniel Wade ?
— Sûr. C'était un pianiste de jazz du coin. Tout le monde a entendu parler de lui, encore qu'il n'ait pas remis les pieds ici depuis des années. C'est un ami à vous ?

Je m'arrachai à mon mur et poursuivis mon inspection.

— J'ai été mariée avec lui, autrefois.
— *Mariée avec lui ?*
— Oui.

Il y avait des bocaux remplis d'un liquide saumâtre dans lequel marinaient des entrailles humaines. Reins, rates, foies... Kelly retourna à son travail.

— Un musicien fantastique, déclara-t-il d'un ton à la fois prudent et respectueux.
— Pour ça, oui, acquiesçai-je en souriant de l'ironie de la situation.

Je n'avais jamais parlé de cette malheureuse histoire, et voilà que je me livrais à des confidences dans une salle d'autopsie, devant un employé de la morgue en plein travail !

— Que lui est-il arrivé ? me demanda Kelly.
— Rien de spécial. La dernière fois que j'ai entendu parler de lui, il était à New York, où il continuait à jouer du piano et à se droguer.

Il secoua la tête.

— Sacré bon sang, le talent de ce type ! Je n'ai jamais compris pourquoi il n'avait pas percé.

— Le monde regorge de pianistes talentueux.

— Oui, mais il avait un mordant pas possible.

— Dommage que je n'en aie pas eu autant. Ça m'aurait évité pas mal de déceptions.

En dépit de sa brièveté, ce mariage comptait en fait parmi les mois les plus heureux de ma vie. Daniel avait le visage d'un ange descendu sur terre... des yeux bleus très clairs, un nuage de boucles blondes, un corps d'adolescent, souple, splendide, des mains élégantes, et un air irrésistible d'enfant perdu. L'incarnation même de l'innocence. Simplement, il était incapable d'être fidèle et de se passer de drogue. Il était impétueux, drôle et corrompu jusqu'au bout des ongles. S'il revenait aujourd'hui, je n'étais pas certaine que j'aurais le courage de lui refuser ce qu'il me demanderait.

Ce fut Kelly qui rompit le silence.

— Qu'est-ce que devient Bobby ?

Je reportai mon attention sur lui. Il avait posé son chiffon et son désinfectant et s'était perché sur un tabouret.

— Il s'efforce de redonner un sens à sa vie. Il s'exerce comme un damné pour tenter de retrouver sa mobilité. Vous n'avez pas une idée de ce qui pouvait le préoccuper à l'époque ?

— Quelle importance, maintenant ?

— Il se souvient vaguement qu'il était en danger, mais il ne sait plus à propos de quoi. Sa mémoire s'est envolée. Tant que je n'aurai pas comblé les vides, la menace continuera de peser sur lui.

— Pourquoi ?

— Si on a essayé de le tuer une fois, il est à craindre qu'on récidive.

— C'est dingue !

— Il ne vous a jamais fait de confidences ?

Kelly haussa les épaules, de nouveau sur ses gardes.

— Je vous l'ai dit : on ne faisait pas partie de la même équipe.

— Vous ne savez pas s'il a déposé un carnet d'adresses en cuir rouge quelque part par là ?

— Ça m'étonnerait. On n'a même pas de casiers pour ranger nos affaires.

Je sortis une carte de visite de mon portefeuille.

— Vous voulez bien me téléphoner à ce numéro si jamais vous avez une idée ? J'ai besoin de comprendre ce qui se passait avant l'accident, et je sais que Bobby apprécierait qu'on l'aide.

— Sûr.

Je partis à la recherche du Dr Fraker. J'avais dépassé la médecine nucléaire, le bureau des infirmières et les locaux d'un groupe de radiologie quand je tombai brusquement sur lui. Il descendait à ma rencontre.

— Vous avez fini ? me demanda-t-il.

— Oui, et vous ?

— J'ai un rendez-vous à midi, mais je peux trouver un moment si vous voulez me parler.

Je secouai la tête.

— Je n'ai plus de questions maintenant. Je me permettrai peut-être de vous déranger de nouveau un peu plus tard.

— Bien sûr. Passez-moi simplement un coup de fil.

— Merci.

Je m'installai dans ma voiture pour rédiger un bref rapport de mes deux entrevues. Le Dr Fraker pouvait se révéler utile, même si mon premier entretien avec lui n'avait pas donné grand-chose. En ce qui concernait Kelly Borden, ce n'était guère plus concluant, mais je ne pouvais me permettre de négliger aucune piste. Cela dit, où tout cela allait-il me mener... ? Je consultai ma montre : 11 h 45. C'était l'heure de manger un morceau.

Je me rendis au petit restaurant où j'avais déjeuné le lundi en compagnie de Bobby. J'espérais le rencontrer, mais il n'était pas là. Je commandai une salade de santé qui était censée m'apporter les calories indispensables à mon bien-être, et me retrouvai avec une assiette remplie de racines et de graines, surmontées d'un bouquet de persil. Ça n'avait pas vraiment la saveur d'un *cheese-cake,* mais j'avalai ma ration avec stoïcisme en songeant à toute cette merveilleuse chlorophylle qui allait se déverser dans mes veines.

De retour à ma voiture, j'inspectai mes dents dans le rétroviseur pour m'assurer qu'elles n'étaient pas criblées de brins d'herbe. Je préfère éviter, quand j'interroge les gens, de donner l'impression que je sors de brouter. Rassurée sur ce point, je cherchai dans mon calepin l'adresse des parents de Rick Bergen et je m'armai d'une carte pour localiser l'endroit. Où se trouvait Turquesa Road ? Je la repérai enfin. C'était une rue pas plus épaisse qu'un cheveu anémique, qui se situait dans le prolongement d'une route tout aussi inconnue, à la sortie de la ville.

La maison était bien campée sur ses fondations, inébranlable et fière, précédée d'un chemin privé tellement escarpé que je ne me risquai pas à l'emprunter, préférant me garer au pied du plant de ficus qui poussait en contrebas.

Au sommet, une époustouflante vue panoramique

découvrait Santa Teresa, avec en toile de fond l'océan scintillant. Un deltaplane flottait au-dessus de moi, décrivant des cercles paresseux jusqu'à la plage. Il faisait un soleil écrasant, avec juste quelques petits nuages maigrichons à l'horizon. C'était incroyablement calme.

Je sonnai à la porte. L'homme qui vint m'ouvrir était petit, trapu et mal rasé.

— Monsieur Bergen ?

— Exact.

Je lui montrai ma carte officielle.

— Je m'appelle Kinsey Millhone. Bobby Callahan m'a engagée afin d'ouvrir une enquête sur l'accident qui...

— Pour quoi faire ?

Je cherchai son regard. Il avait les yeux bleus, des paupières rougies. Ses joues étaient hérissées d'une barbe d'au moins deux jours qui lui donnait l'air d'un cactus. La cinquantaine bon poids, il empestait la bière et la sueur. Son pantalon semblait échappé aux réserves de l'armée du Salut, et son T-shirt avait fait la guerre.

— Il pense que ce n'était pas un accident, mais une tentative de meurtre, poursuivis-je.

— Foutaise. Je voudrais pas être grossier avec vous, jeune dame, mais je crois qu'une petite mise au point s'impose. Bobby Callahan est un gosse de riches. Complètement pourri par le fric, irresponsable et vaniteux. Ce petit salopard s'est soûlé la gueule, il a quitté la route avec sa voiture et il m'a tué mon fils qui était également son meilleur ami. Tout ce qu'on a pu vous raconter d'autre, c'est des salades.

— Je n'en suis pas si sûre...

— Eh bien, moi je le suis. Vous n'avez qu'à jeter un

coup d'œil aux rapports de police. Tout y est. Vous les avez vus ?

— L'avocat de Bobby m'en a fait parvenir des copies...

— Alors, vous avez dû remarquer qu'il n'y a aucune preuve matérielle de ce que raconte Bobby. Pas de preuves, pas de témoins, c'est très pratique, n'est-ce pas ?

— La police a l'air de le croire, en tout cas.

— Et alors ? Tout s'achète quand on a du fric, non ? Même la crédulité d'un flic.

— Monsieur Bergen, je connais très bien la police locale. Je peux vous assurer...

— Foutaise ! cria-t-il de nouveau en détournant la tête d'un air écœuré. Je n'ai pas de temps à perdre à des conneries de ce genre. Adressez-vous à ma femme, elle acceptera peut-être de vous répondre.

— Je préférerais vous parler à vous.

Il parut surpris, comme si c'était la première fois de sa vie que quelqu'un préférait s'adresser à lui.

— N'y comptez pas. Rick est mort. C'est tout ce que j'ai à dire.

— Supposons un seul instant que Bobby soit sincère...

— Ça ne changerait rien pour moi. Je me contrefiche de ce qui peut lui arriver.

Je dus me mordre la langue pour ne pas riposter. Inutile d'attiser sa colère. Mieux valait attendre patiemment qu'il se calme.

— Puis-je au moins solliciter une dizaine de minutes de votre temps ?

Il réfléchit un instant, puis hocha la tête d'un air revêche.

— Ça va, entrez. J'étais en train de déjeuner. Reva est sortie.

Il pivota sur ses talons, me laissant le soin de refermer la porte derrière moi. Je le suivis le long d'une moquette délavée. Les stores baissés projetaient une ombre ambrée sur la maison. J'eus la vision très brève d'un mobilier de géants : deux énormes fauteuils à dossier inclinable recouverts de plastique vert, et un canapé convertible de trois mètres de long où dormait sur une couverture tricotée au crochet un gros chien noir roulé en boule.

La cuisine était rose, le linoléum usé. Il y avait un minuscule coin-repas, meublé de deux bancs et d'une étroite table en bois encombrée par ses préparatifs de sandwiches.

Il s'assit et m'enjoignit de m'installer en face de lui. Le temps que je pousse les piles de journaux qui s'amoncelaient sur le banc, il était déjà en train de beurrer du pain blanc, moelleux à souhait. Il y déposa des rondelles d'oignon, des rectangles de fromage, ajouta des feuilles de laitue, des pickles, de la moutarde et finit par les tranches de viande. Son œuvre achevée, il leva les yeux vers moi.

— Vous avez faim ?

— J'en défaille.

C'était vrai. J'avais beau avoir déjeuné une demi-heure auparavant, mon appétit n'était pas calmé. L'homme coupa son premier sandwich en deux parts égales, m'en tendit une, puis entreprit de confectionner un deuxième sandwich qu'il fit encore plus dodu que le premier et coupa aussi en deux. Je le regardai patiemment, comme un chien bien dressé, attendant qu'il me donne l'autorisation de manger.

On resta silencieux pendant trois minutes, dévorant notre pitance à grands coups de dents. Le pain était tellement souple que nos doigts y laissaient des empreintes. Il décapsula deux boîtes de bière. Une pour moi, une pour lui.

— Je ne connais même pas votre prénom, dis-je entre deux bouchées.

— Phil. Qu'est-ce que c'est que ce prénom de Kinsey ?

— Le nom de jeune fille de ma mère.

Ayant ainsi sacrifié aux politesses d'usage, on garda le silence jusqu'à la dernière miette.

CHAPITRE XI

Après le déjeuner, on émigra vers la terrasse (en fait, le toit du garage) où on s'installa sur des chaises en fer tachées de rouille. Une petite brise s'était levée, rafraîchissant la brûlure cuisante du soleil sur mes bras. L'agressivité de Phil avait disparu, sans doute grâce aux deux bières qu'il avait éclusées et au gros cigare qu'il était occupé à décapiter avec une guillotine de poche. Il extirpa une boîte d'allumettes d'un petit pot en fer posé au pied de sa chaise, en gratta une sur la surface lisse de la terrasse, puis alluma son cigare.

Un bon moment on resta à regarder l'océan qui ondoyait dans le lointain, puis Phil m'expliqua que la maison datait de 1950. Il venait juste de l'acheter avec sa femme, Reva, quand la guerre de Corée avait éclaté. Réquisitionné, il était parti deux jours après le déménagement, laissant Reva avec des tonnes de cartons à déballer. Quatorze mois plus tard, il revenait pour cause de blessure en service commandé. Il ne me donna pas d'autres précisions, mais je crus comprendre que depuis cette époque il n'avait travaillé que très sporadiquement. Ils avaient eu cinq enfants, Rick était le cadet. Les autres vivaient maintenant éparpillés dans le sud-ouest du pays.

— Comment était-il ? demandai-je.

Je n'étais pas sûre qu'il me répondrait, et son silence sembla me donner raison. Apparemment, j'avais posé la mauvaise question. Je m'en voulus, car je détestais l'idée d'avoir brisé la camaraderie qui était née entre nous.

— Je ne sais pas quoi vous dire, déclara-t-il enfin. Enfant, il était adorable. Toujours de bonne humeur, serviable, appliqué en classe. Et puis, vers seize ans, il a commencé à gamberger. C'était un élève doué, mais il ne semblait pas savoir quoi faire de sa peau. Il avait les diplômes pour entrer à l'université, j'avais même réussi à réunir l'argent nécessaire, mais ça ne l'intéressait pas. Rien ne l'intéressait, d'ailleurs. Oh ! il travaillait, mais sans aucune ambition.

— Est-ce qu'il se droguait ?

— Je ne crois pas. En tout cas, ça ne se voyait pas. En revanche, il adorait faire la fête. Il rentrait à l'aube, découchait les week-ends et ne fréquentait que des gosses de riches, comme ce Bobby Callahan. Et puis il a commencé à sortir avec Kitty. Bon sang de bois, cette fille était déjà une vraie plaie le jour de sa naissance ! J'en avais ma claque de tolérer tout ça. Alors, je lui ai dit : « Tu as honte de ta famille, d'accord, va vivre ta vie ailleurs ! Mais t'avise pas de réclamer après nous. Cette maison n'est ni un restaurant ni une laverie automatique. »

Il réfléchit quelques secondes.

— Est-ce que j'ai eu tort de lui parler comme ça ? Je vous pose la question.

— Je ne sais pas, déclarai-je. Tous les enfants connaissent une période de rébellion, après quoi, ils rentrent dans le rang. La plupart du temps, ça n'a rien à voir avec les parents.

Il tira sur son cigare et projeta un nuage de fumée brunâtre.

— Il était si brillant ! Il y a des moments où je me demande si je n'aurais pas dû l'envoyer chez un psychiatre. Mais qu'est-ce qu'un psychiatre pourrait faire pour un gamin sans ambition ?

Comment aurais-je pu lui répondre ? Je me contentai d'émettre un petit soupir de sympathie.

— J'ai appris que Bobby était dans un sale état, murmura-t-il après un silence.

On aurait pu croire que ça lui arrachait les tripes de s'informer de son ennemi. Il avait dû souhaiter la mort de Bobby une bonne centaine de fois et maudire le sort qui l'avait maintenu en vie.

— Je me demande s'il ne préférerait pas être à la place de Rick, dis-je prudemment.

Je ne souhaitais pas réveiller sa colère, mais je ne voulais pas non plus qu'il se complaise dans l'idée que Bobby avait plus de chance que Rick. Si Bobby faisait son possible pour redonner un sens à sa vie, c'était au prix d'une lutte acharnée.

Une vieille Ford bleue surgit au bout de l'allée. Elle contourna ma voiture, s'arrêta devant la porte du garage. La portière claqua.

— Ma femme, annonça Phil.

Reva Bergen remonta vers la maison d'un pas fatigué, les bras chargés de sacs de provisions. Elle découvrit notre présence en atteignant le porche, mais ne manifesta aucune réaction. Son regard exprimait une indifférence totale. Ses cheveux blonds avaient cette consistance un peu sèche qui caractérise souvent les femmes abordant la cinquantaine. Elle avait de petits yeux, presque sans cils, des sourcils pâles, un teint blême, un corps frêle et osseux. Ils formaient un couple tellement mal assorti que je repoussai en hâte la vision désagréable de leur lit conjugal.

Phil expliqua que j'enquêtais sur l'accident qui avait coûté la vie à Rick.

Un sourire sans joie étira les lèvres de Reva Bergen.

— Pourquoi ? Bobby a brusquement des remords ?

Phil intervint avant que j'aie le temps de formuler une réponse.

— Allez, Reva, quelle importance ? Tu m'as dit toi-même que la police...

Sans un mot, elle rentra à l'intérieur de la maison. Phil enfonça ses mains dans ses poches d'un air gêné.

— Elle ne tourne pas très rond depuis l'accident. La mort de Rick lui a brisé le cœur.

— Il faut que je parte, de toute façon. Une dernière chose : Rick ne vous aurait pas laissé entendre que Bobby avait des ennuis ? Lui-même n'avait pas de problème particulier ?

Il secoua la tête.

— C'est le comportement de Rick qui était un problème pour moi, mais ça n'avait aucun rapport avec l'accident. Je poserai quand même la question à Reva, au cas où elle saurait quelque chose que j'ignore.

— Merci.

Je lui serrai la main, puis lui remis ma carte pour qu'il puisse me joindre au besoin. En arrivant à ma voiture, je me retournai. Reva était immobile sur le pas de la porte, le regard fixé sur moi.

Je me rendis tout droit au bureau. Après avoir constaté qu'il n'y avait rien d'intéressant ni sur mon répondeur ni au courrier, je m'installai derrière ma machine à écrire, un pot de café à portée de la main. Là, je m'escrimai à rédiger le rapport de mon enquête. Tâche des plus déprimante, vu que je n'avais absolument rien de nouveau à consigner. Cela dit, Bobby me payait trente dollars de l'heure et il était en droit de savoir ce que je faisais de mes journées.

A 3 heures, je fermai le bureau à clé et marchai jusqu'à la bibliothèque publique située à deux pâtés de maisons de là. Dans la salle des périodiques, je demandai le microfilm des journaux de septembre dernier, dénichai une visionneuse libre et m'installai. Toutes les photos, sur l'écran noir et blanc, ressemblaient à des négatifs. N'ayant pas la moindre idée de ce que je cherchais, j'étais obligée d'éplucher chaque page : les informations courantes, la politique locale, la météo, la rubrique des objets trouvés, les messages personnels, les décès, les naissances, les divorces... Autour de moi, les gens somnolaient sur des magazines ou lisaient des journaux fixés à de grandes tiges en bois. Il n'y avait pas un bruit, hormis le ronronnement de ma machine, quelques toussotements épars et le froissement des journaux.

Je passai en revue les six premiers jours du mois, et là j'arrivai à saturation. J'avais la nuque raide, et un début de migraine me serrait les tempes. Un coup d'œil à ma montre m'apprit qu'il était presque cinq heures. Assez pour aujourd'hui. J'éteignis la machine après avoir noté la date à laquelle je m'étais arrêtée.

J'émergeai à nouveau dans le soleil et, jugeant inutile de remonter au bureau, je pris la direction de la maison.

En route, je stoppai devant un supermarché pour m'acheter du lait, du pain et quelques bricoles supplémentaires. Puis je ralliai rapidement mon appartement. J'étais fatiguée, mon bras gauche m'élançait. Comme d'habitude, il se faisait oublier pendant des jours, et puis d'un coup se rappelait à mon bon souvenir. Je décidai de me coucher sans attendre. Tant pis pour le dîner. J'avalai deux cachets calmants, envoyai promener mes chaussures et me pelotonnai au fond de mon lit. J'étais exactement dans la même position quand la sonnerie du téléphone me réveilla en sursaut. Hagarde, je décrochai le récepteur d'un geste machinal. Le réveil lumineux indiquait 11 heures et quart.

— Kinsey, c'est Derek Wenner. Vous avez appris la nouvelle ?

— Derek ? Excusez-moi, je dors complètement...

— Bobby est mort.

— Quoi ?

— Je suppose qu'il était ivre. Sa voiture a quitté la route et s'est écrasée contre un arbre, dans West Glen. J'ai pensé que quelqu'un devait vous prévenir.

— Mais... ça s'est passé quand ?

Je me mis à poser question sur question parce que c'était le seul moyen pour moi de surmonter le choc.

— Un peu après 10 heures du soir. Il est mort pendant qu'on le transportait à *St. Terry*. Je dois aller l'identifier, mais je crois qu'il n'y a malheureusement aucun espoir.

— Est-ce que je peux faire quelque chose ?

Il hésita une fraction de seconde.

— Eh bien, oui, peut-être. Je ne parviens pas à joindre Sufi. L'hôpital essaie actuellement de prévenir le Dr Metcalf. Je me demandais si vous ne pourriez pas tenir compagnie à Glen jusqu'à son arrivée. Je me sentirais plus tranquille.

— Bien sûr. Je pars tout de suite, déclarai-je avant de raccrocher.

Mécaniquement, je me lavai le visage et les dents. Je ne ressentais absolument rien. Je flottais dans une hébétude ouatée tandis que mon esprit se débattait contre la réalité. Bobby ne pouvait pas avoir disparu comme ça. C'était idiot. Absurde.

J'attrapai une veste, mon sac, mes clés, fermai la porte à double tour, montai dans ma voiture et démarrai. Mes gestes étaient ceux d'un robot bien programmé. En tournant sur West Glen, je découvris les voitures de secours et sentis un frisson glacé remonter le long de mon épine dorsale. L'accident avait eu lieu dans un virage en épingle, au niveau des bungalows en préfabriqué. L'ambulance était partie, mais il y avait des grappes de voitures de police dont les émetteurs radio grésillaient. Des badauds encombraient le bas-côté de la route. L'arbre que Bobby avait percuté était illuminé par des dizaines de phares qui mettaient à nu la plaie béante qui balafrait son tronc. Une dépanneuse était en train de dégager la B.M.W. Je regardai la scène avec un détachement hébété avant de poursuivre ma route.

La cour était déserte. Pas une voiture, pas un bruit. Pourtant, toutes les lumières de la maison étaient allumées, comme si on donnait une réception de gala. Une domestique m'ouvrit sans même que j'aie besoin de sonner.

— Où est Mrs. Callahan ?

Elle m'invita à la suivre d'un geste, traversa le hall en direction du bureau de Glen, frappa et s'effaça pour me permettre d'entrer.

Glen était assise dans l'un des fauteuils, les mains crispées sur ses genoux. Elle leva la tête à mon entrée, et son expression anéantie me bouleversa. On aurait dit que le chagrin avait brisé en elle toute résistance émotionnelle : son visage ruisselait de larmes. Même ses cheveux étaient mouillés. Elle me tendit une main tremblante. Je me précipitai à ses pieds et pressai sa pauvre main glacée contre ma joue.

— Oh ! Glen, je suis désolée..., chuchotai-je.

Elle hochait convulsivement la tête, avec un petit bruit de gorge étranglé qui n'était même pas un cri. Elle essaya de parler, mais ne réussit qu'à émettre une suite confuse de mots hachés, sans queue ni tête. Quelle importance, d'ailleurs ? Tout ce qu'elle pourrait dire ne lui rendrait pas son fils. Elle se mit alors à pleurer comme une enfant, à gros sanglots désordonnés qui semblaient ne jamais devoir s'arrêter.

Et puis l'orage passa peu à peu, comme s'éloigne un gros nuage noir porteur de pluie. Les épaules encore agitées de longs frémissements, elle respira profondément, puis sortit un mouchoir de sa manche et se tamponna les yeux.

— Mon Dieu, que vais-je devenir ? murmura-t-elle. Comment vais-je vivre, désormais ? Jamais je n'en aurai la force.

— Voulez-vous que j'appelle quelqu'un ? suggérai-je.

— Non. Pas ce soir. Dès demain, Derek contactera Sufi. Elle viendra.

— Et le Dr Kleinert ? Voulez-vous que je le fasse prévenir ?

Elle secoua la tête.

— Bobby ne pouvait pas le supporter. A quoi bon le déranger, d'ailleurs ? Il saura bien assez tôt. Derek est-il rentré ? ajouta-t-elle, le visage soudain tendu.

— Je ne crois pas. Voulez-vous boire quelque chose ?

— Non, mais servez-vous si vous le souhaitez. L'armoire à liqueurs est ici.

— Merci. Plus tard, peut-être.

En réalité, j'avais peur que l'alcool ait raison de mon sang-froid. Au moment où je m'asseyais en face d'elle, un flash jaillit de ma mémoire. Je revis Bobby se penchant vers sa mère pour lui souhaiter bonne nuit. Il n'avait plus que deux jours à vivre, mais personne ne s'en était douté. Je levai les yeux vers Glen et rencontrai son regard fixé sur moi, comme si elle avait suivi le cheminement de ma pensée. Son expression torturée me sauta au visage avec la violence d'un coup, anéantissant mes défenses et j'éclatai brusquement en sanglots.

CHAPITRE XII

Les jours suivants furent un véritable cauchemar. Glen se raccrochait à moi comme à une bouée de sauvetage, sans doute parce que je m'étais trouvée à ses côtés au plus fort de sa détresse. Elle semblait mettre tous ses espoirs en moi, comme si j'avais eu le pouvoir de l'arracher à son désespoir.

Le Dr Kleinert accepta de laisser sortir Kitty pour l'enterrement et on tenta de joindre le père de Bobby. Sans succès. Il ne réagit pas et personne ne sembla s'en formaliser. Dans le même temps, des hordes de gens défilaient dans la maison, transformée en salle funéraire : les amis de Bobby, ses copains d'université, les amis de la famille, les relations d'affaires, les huiles locales, les membres des œuvres de charité que patronnait Glen. Le *Who's Who* de Santa Teresa. Depuis la nuit de l'accident, Glen s'était remarquablement reprise. Calme, maîtresse d'elle-même, elle avait réglé tous les détails de l'enterrement. Ce serait digne et sans fausse note.

J'avais un peu peur que Derek et Kitty m'en veuillent de ma présence constante, mais tous deux semblaient plutôt soulagés. Je crois qu'ils appréhendaient d'affronter seuls la douleur de Glen.

Elle ordonna que le cercueil de Bobby soit scellé, mais j'eus le temps de l'apercevoir juste avant. En un sens, j'avais besoin de cette preuve irréfutable de sa mort. Dieu, le masque rigide et glacé de la mort... Glen se tint toute droite à mes côtés, les traits presque aussi figés que ceux de son fils. Elle ne flancha pas, mais ses doigts se crispèrent douloureusement sur mon bras lorsqu'on ferma pour toujours le cercueil.

— Au revoir, mon bébé, chuchota-t-elle. Je t'aime.

Je m'éloignai précipitamment. Kitty était immobile, debout contre le mur, le visage barbouillé de larmes séchées, infiniment seule. Je songeai que son père et elle ne resteraient pas longtemps dans la vie de Glen. La mort de Bobby avait accéléré la dégradation de leurs rapports. Derek et Kitty étaient des plantes parasites à qui Glen n'avait plus rien à offrir. Je ne la connaissais pas bien, mais je devinai confusément qu'elle avait d'ores et déjà choisi son destin. Derek l'observait d'un air inquiet, pressentant peut-être qu'il ne faisait pas partie de ses projets, quels qu'ils soient.

Bobby fut enterré le samedi. Dieu merci, le service religieux fut bref. Plusieurs fois je sentis les larmes me piquer les yeux. Ce n'était pas seulement à Bobby que je disais adieu. C'était à tous ceux qui m'avaient quittée. Mes parents, ma tante...

Le cimetière était aussi soigneusement entretenu qu'une jardinière de balcon. Il y avait des sapins, des bouquets d'eucalyptus et des sycomores. Chaque allée était bien délimitée par des haies d'arbustes taillés géométriquement.

Il faisait un soleil de plomb, à peine atténué par une petite brise légère qui jouait avec les cimes des arbres.

On s'assit docilement tandis que le pasteur prononçait les quelques paroles rituelles. Je me sentais mieux à l'air libre, et je compris soudain que c'était parce qu'il n'y avait plus de musique d'orgue. Les cantiques, si banals soient-ils, ont le don de mettre le cœur en charpie. Je préférais le bruissement du vent.

Un peu à l'écart des spectateurs, j'aperçus Phil et Reva Bergen. Il paraissait très ému, mais sa femme était impassible, comme à son habitude. Son regard se dirigea vers moi et me fixa droit dans les yeux. Derrière eux, je crus entrevoir Kelly Borden. Je me déplaçai légèrement sur ma chaise pour m'en assurer, mais son visage avait disparu. La foule commença à se disperser, et je compris avec étonnement que c'était déjà fini. Le pasteur adressa à Glen un signe de sympathie, mais elle l'ignora et se dirigea vers la limousine. Derek, en veine de politesses, s'attarda pour remercier d'un mot ceux qui s'étaient déplacés.

Kitty était déjà assise sur la banquette arrière quand on atteignit la voiture. Au premier coup d'œil, je compris qu'elle planait très fort. Ses joues étaient empourprées, ses yeux brillants, et ses mains pétrissaient nerveusement le bas de sa jupe. La tenue qu'elle avait choisie pour la circonstance rappelait le costume d'une danseuse espagnole : corsage noir serré à la taille et rehaussé de rubans multicolores, jupe froncée. Glen avait cillé en découvrant son accoutrement, puis un sourire imperceptible avait flotté sur ses lèvres et elle avait regardé ailleurs, sans un mot. Kitty avait mal caché sa déception : elle avait voulu jouer la provocation, mais l'absence de réaction de sa belle-mère lui avait coupé l'herbe sous les pieds.

Derek nous rejoignit à son tour. Il monta à l'arrière,

abaissa l'un des strapontins et esquissa le geste de fermer la portière.

— Laisse-la ouverte, murmura Glen.

Le chauffeur n'était toujours pas en vue. Les gens regagnaient lentement leur véhicule, d'autres déambulaient sans but précis sur la pelouse.

Derek chercha le regard de sa femme.

— Je crois que ça s'est plutôt bien passé.

Glen lui tourna le dos et fixa un point droit devant elle. Quand on vient de perdre son fils unique, c'est vraiment le genre de réflexion malvenue.

Kitty prit une cigarette et l'alluma. Ses mains ressemblaient à des pattes d'oiseaux, maigres et ridées.

Derek fronça les sourcils en sentant l'odeur de la fumée et se retourna d'un bloc.

— Bon sang, Kitty, jette-moi cette saloperie !

— Laisse-la tranquille, intervint Glen d'une voix sombre.

Kitty sembla stupéfaite de voir sa belle-mère prendre sa défense, mais jeta la cigarette par la fenêtre. Au même moment, le chauffeur apparut. Il ferma la portière de Derek puis se glissa derrière le volant. J'attendis qu'il ait démarré pour regagner ma voiture.

A la maison, l'atmosphère se réchauffa un peu. Les gens semblaient avoir laissé leur mine de circonstance au vestiaire pour savourer en toute quiétude le bon vin et les hors-d'œuvre variés qui leur étaient proposés. Je reconnus la plupart des personnes qui étaient invitées à l'anniversaire de Derek, ce fameux lundi soir : le Dr Fraker et sa femme, Nola. Le Dr Kleinert et une dame assez replète, probablement son amie de cœur. Le Dr Metcalf, occupé à converser avec Marcy, la secrétaire du Dr Fraker. Je raflai un verre de vin et me frayai un chemin jusqu'à ce dernier. Il discutait à voix basse avec le Dr Kleinert et s'interrompit net en me voyant.

— Bonjour ! murmurai-je avec l'impression gênante d'être en trop.

J'avalai une gorgée de vin, non sans remarquer le regard appuyé qu'échangeaient les deux médecins. Ils durent estimer que je pouvais être mêlée à leur conversation, car Fraker poursuivit sa phrase là où il l'avait interrompue.

— De toute façon, je suis obligé d'attendre lundi pour procéder à des examens plus poussés. Mais d'ores et déjà il ne fait aucun doute que la mort a été causée par une rupture de l'aorte.

— Due à l'impact contre le volant, commenta Kleinert.

Fraker hocha la tête et but une gorgée de vin.

— Le sternum et plusieurs côtes étaient fracturées, l'aorte endommagée juste au-dessus du bord supérieur de la valve cuspide. L'hémorragie a été presque instantanée.

— Et le taux d'alcoolémie dans le sang ? demanda Kleinert.

Fraker haussa les épaules.

— Négatif. Il n'était pas ivre. On devrait obtenir tous les autres résultats dans l'après-midi, mais à mon avis ils ne nous apprendront rien d'autre. Evidemment, je peux me tromper.

— Si vous avez vu juste en ce qui concerne le blocage CSF, le risque d'une attaque était quasiment inévitable. D'ailleurs, Bernie lui avait conseillé de se faire surveiller, soupira Kleinert.

Il avait un visage tout en longueur et une expression perpétuellement consternée. Je me dis que si j'avais des problèmes d'ordre psychologique, le seul fait de me retrouver chaque semaine en face d'une tête pareille me rendrait à coup sûr suicidaire...

— De quel genre d'attaque parlez-vous ? demandai-je brusquement.

Généreusement, Fraker m'offrit une traduction.

— Nous pensons que Bobby souffrait de complications dues à son traumatisme crânien. Il arrive parfois qu'un blocage se produise dans le flux cérébro-spinal. La pression est telle que le cerveau s'atrophie, ce qui provoque une épilepsie post-traumatique.

— Ça expliquerait qu'il ait quitté la route ?

— A mon avis, oui, acquiesça Fraker. Naturellement, je ne peux pas l'affirmer, mais il était très certainement en proie à des migraines, des angoisses, voire des sautes d'humeur incontrôlables.

Le Dr Kleinert intervint :

— Je l'ai vu vers 19 heures, 19 h 30. Il était très déprimé.

— Peut-être pressentait-il ce qui allait se passer.

— C'est déjà un miracle qu'il ait survécu si longtemps. Nous avons essayé de ménager Glen, mais tout le monde se doutait qu'un jour où l'autre ça finirait mal.

Apparemment, il n'y avait rien à ajouter. Les deux médecins ne tardèrent pas à s'excuser et à se joindre à un autre groupe d'invités. Indécise, je restai à ma place en tentant de résumer les faits. En théorie, Bobby Callahan était mort de façon naturelle. Mais, dans la réalité, son décès était une conséquence directe des blessures qu'il avait subies neuf mois plus tôt au cours de son accident. Accident qui selon lui était une tentative de meurtre... Or la loi en Californie était très claire là-dessus : « Un décès est assimilable à un meurtre s'il intervient dans un délai de trois ans et un jour à partir de l'instant où l'acte meurtrier a été perpétré... » Donc, Bobby avait bel et bien été assassiné à retardement. Pour l'instant, évidemment, je n'avais aucune preuve. En revanche, je possédais le chèque qu'il m'avait remis ainsi que des instructions très précises. C'était à moi de décider si je continuais l'enquête ou non.

Je reposai mon verre de vin sur un plateau. Il était grand temps de mettre mon chagrin de côté et de reprendre mon travail. Je glissai un mot à l'oreille de Glen pour lui indiquer où j'allais, puis je montai dans la chambre de Bobby.

Je voulais ce petit carnet rouge.

CHAPITRE XIII

Je partais du principe que Bobby avait caché le carnet d'adresses dans la maison. Il prétendait l'avoir confié à quelqu'un, mais j'en doutais. Naturellement, il était hors de question que je passe toute la maison au peigne fin. Pourtant, je n'écartai pas l'idée de fouiller le bureau de Glen et peut-être même la chambre de Kitty. Je cherchai dans la pièce pendant une heure et demie, sans résultat. Nullement découragée, plutôt stimulée au contraire, j'en conclus que la mémoire de Bobby avait correctement fonctionné.

A 6 heures, je sortis de la pièce, m'accoudai un instant à la balustrade qui longeait le palier et tendis l'oreille. Apparemment, la plupart des invités s'étaient déjà retirés. Quelques bruits de molles conversations montaient encore du salon. Je me détournai et allai frapper à la porte de Kitty.

— Qui est-ce ? fit une voix étouffée.

— C'est moi. Kinsey.

Je l'entendis tirer le verrou, mais elle ne se donna pas la peine d'ouvrir elle-même et cria :

— Entrez !

Dieu ! Cette gosse était une vraie tête à claques...

J'entrai avec détermination.

La pièce avait été rangée et le lit fait. Kitty donnait l'impression d'avoir pleuré. Son nez était rouge, son maquillage avait coulé. Elle était armée d'un miroir et d'une lame de rasoir avec laquelle elle râpait de la coke. Il y avait un verre de vin à moitié plein sur sa table de nuit.

— Je tiens pas la forme, déclara-t-elle.

Elle avait troqué sa tenue de bohémienne contre un kimono en soie verte sur lequel dansait une sarabande de papillons. Ses bras étaient tellement maigres qu'elle ressemblait à une mante religieuse. Ses yeux verts luisaient étrangement.

— Quand devez-vous rentrer à *St. Terry ?* lui demandai-je.

— Ce soir, je suppose. Cette fois, au moins, j'aurai une chance d'emporter ce qu'il me faut. Merde, quand je pense que je me suis retrouvée à l'hosto sans rien du tout !

— Pourquoi faites-vous ça, Kitty ? Vous ne voyez pas que vous servez le jeu du Dr Kleinert ?

— Sans blague... Je ne savais pas que vous étiez montée me faire la morale.

— Je suis montée fouiller la chambre de Bobby. Je cherche le petit carnet d'adresses rouge dont il vous a parlé mardi. Vous n'avez pas une idée de l'endroit où il peut se trouver ?

— Non.

Elle se pencha et aspira la coke à l'aide d'un billet de banque roulé comme une paille. La poudre blanche disparut dans son nez comme par magie.

— Vous ne savez pas non plus à qui il aurait pu le confier ?

— Non.

Elle pinça ses narines avec deux doigts, puis s'assit sur le lit, alluma une cigarette et prit son verre.

— Formidable, ironisai-je. Le grand numéro au complet : drogue, cigarette, alcool... Vous êtes en train de vous assurer un délicieux séjour en cure de désintoxication.

C'était de la provocation délibéré. Elle me tapait tellement sur les nerfs que je me sentais d'humeur belliqueuse.

— Je vous emmerde, lâcha-t-elle.

— Je peux m'asseoir ?

Elle haussa les épaules et je me perchai à l'extrémité du lit tout en regardant autour de moi avec intérêt.

— Que sont devenues vos munitions de réserve ?

— Quelles munitions ?

— Celles que vous planquiez là, dis-je en désignant le tiroir de sa table de nuit.

Elle me regarda avec ahurissement.

— Je n'ai jamais eu de réserves.

— Ça, c'est vraiment bizarre, parce que j'ai vu le Dr Kleinert en retirer un sac plein.

— Quand ? me demanda-t-elle d'une voix incrédule.

— Lundi soir, pendant qu'on vous évacuait d'urgence. Il y avait un joli assortiment de toutes les couleurs.

En réalité, j'étais à peu près sûre que ces pilules ne lui appartenaient pas, mais j'étais curieuse d'entendre ce qu'elle avait à dire.

Elle continua à me regarder fixement, puis souffla un jet de fumée.

— Je touche pas à ce genre de trucs.

— Ah bon ? Et qu'est-ce que vous aviez pris, lundi soir ?

Elle se leva et arpenta nerveusement la pièce.

— Vous me faites chier, Kinsey. On vient d'enterrer Bobby et j'ai autre chose en tête que vos conneries !

— Quels sentiments vous inspirait Bobby ?

— Qu'est-ce que vous cherchez à savoir ? Si je couchais avec lui ?

— Tout juste.

— Vous avez vraiment une imagination délirante ! Je n'ai jamais pensé à Bobby de cette façon.

— Peut-être que *lui* pensait à vous de cette façon...

Elle s'immobilisa brusquement.

— Qui vous a dit ça ?

— C'est juste une théorie personnelle. Vous saviez qu'il vous aimait. Pourquoi n'aurait-il pas eu envie de coucher avec vous ?

— Bobby vous a dit ça ?

— Non, mais j'ai vu sa réaction quand on vous a emmenée à l'hôpital. Elle ne correspondait pas vraiment à l'idée que je me fais d'un amour fraternel. Naturellement, j'ai posé la question à Glen, mais elle ne croit pas qu'il y ait eu quelque chose de ce genre entre vous.

— Il n'y a jamais rien eu entre nous !

— Dommage. Vous auriez peut-être pu vous sauver mutuellement.

Elle écrasa fébrilement sa cigarette dans un cendrier. Lorsqu'elle releva la tête, il y avait des larmes dans ses yeux.

— Je ferais mieux d'embarquer mes affaires.

Elle sortit un grand sac en toile d'un placard et y

empila pêle-mêle le contenu des tiroirs de sa commode : sous-vêtements, T-shirts, jeans, chaussettes... Je me levai et me dirigeai lentement vers la porte.

— Rien ne dure éternellement, vous savez, déclarai-je en me retournant, la main sur la poignée. Pas même le chagrin.

— Exact. Surtout en ce qui me concerne. Pourquoi croyez-vous que je me drogue ? Pour avoir une belle santé ?

— Vous êtes coriace, hein ?

— Oh ! La barbe ! Vous devriez vous engager à S.O.S.-Amitié ! Vous êtes tout à fait dans le ton.

— Un jour vous rencontrerez le bonheur malgré vous. Essayez de vous garder en vie jusque-là.

— Désolée, je n'achète pas. Pas intéressée.

Je haussai les épaules.

— Très bien, suicidez-vous. Ce ne sera pas une grande perte. Vous ne laisserez sûrement pas un vide comme Bobby. Vous n'avez jamais rien donné de vous, Kitty. A personne.

J'ouvris la porte. Je l'entendis refermer un tiroir.

— Hé ! Kinsey !

Je me retournai pour la regarder. Elle me souriait d'un air ironique.

— Vous voulez une dose de coke ? C'est ma tournée.

Je quittai la pièce en refermant très doucement la porte derrière moi. Ça lui aurait fait trop plaisir que je la claque.

Je redescendis au salon. J'avais faim et besoin d'un verre de vin. Il ne restait plus qu'une demi-douzaine d'invités, dont Sufi, assise aux côtés de Glen sur l'un des canapés. Tous les autres m'étaient inconnus. Je me dirigeai vers le buffet, dressé à une extrémité de la pièce. Je me garnis une assiette, trouvai un verre de vin bien frais et me cherchai une place, suffisamment proche pour ne pas avoir l'air impolie, mais suffisamment éloignée pour ne pas avoir besoin de participer à la conversation.

Je portais une bouchée de saumon à ma bouche en m'efforçant de paraître naturelle quand quelqu'un m'effleura le bras. Sufi Daniels s'installa tranquillement sur la chaise voisine de la mienne.

— Glen me dit que Bobby avait beaucoup d'affection pour vous, commença-t-elle.

— Je l'espère. Je l'aimais bien.

Sufi me regarda fixement et je me remis à manger parce que je ne voyais vraiment rien à lui dire. Elle était bizarrement habillée, avec une robe longue en tissu soyeux et une veste assortie par-dessus. Je supposai que c'était pour dissimuler sa silhouette un peu bancale et son dos voûté. Le résultat n'était pas franchement réussi... Elle avait toujours un triste fouillis jaune pâle en guise de chevelure et son maquillage ressemblait à un brouillon. Impossible de trouver contraste plus frappant avec Glen Callahan.

— Comment avez-vous connu Glen ? lui demandai-je en attaquant une crevette nappée de sauce pimentée.

— Nous étions dans la même école.

— Vous avez vu Bobby tout bébé, je suppose.

— Oui.

— Vous étiez proche de lui ?

— Je l'aimais bien, mais je n'irais pas jusqu'à dire que nous étions proches l'un de l'autre. Pourquoi ?

— Parce qu'il a remis un petit carnet rouge à quelqu'un. J'essaie de découvrir à qui.

— Quel genre de carnet ?

— Style carnet d'adresses. Petit, relié en cuir rouge.

Elle fronça les sourcils, l'air surpris.

— Vous ne poursuivez pas votre enquête, tout de même ?

Ce n'était pas une question. C'était une protestation.

— Si. Pourquoi ?

— Mais... le pauvre garçon est mort. Quelle importance, maintenant ?

— Enorme... s'il a été assassiné.

— S'il a été assassiné, c'est l'affaire de la police.

Je souris.

— Les flics adorent que je leur prête main-forte.

Sufi lança un coup d'œil en direction de Glen, et baissa la voix.

— Je suis sûre qu'elle ne tient pas à ce que vous poursuiviez.

— Ce n'est pas elle qui m'a engagée, mais Bobby. Puis-je savoir en quoi cela vous regarde ?

Si elle perçut la froideur de ma voix, elle ne s'en formalisa pas et continua à me sourire de son air légèrement supérieur.

— Je suis désolée. Je n'avais absolument pas l'intention de m'immiscer dans votre travail. Mais je ne voudrais pas que vous risquiez de bouleverser Glen.

J'étais censée manifester ma compréhension et ma sympathie, mais je restai silencieuse, à la regarder droit dans les yeux. Une légère rougeur envahit ses joues.

— Ravie de vous avoir rencontrée de nouveau, déclara-t-elle du bout des lèvres en se levant.

Là-dessus, les derniers invités prirent congé. Glen répondit d'une inclination de tête à la petite phrase de circonstance de chacun, puis Sufi les escorta jusqu'à la porte. Je m'apprêtais à les imiter quand Glen se tourna vers moi.

— J'aimerais vous parler, si vous avez un moment.

— Bien sûr.

Je pris brusquement conscience que je n'avais pas vu Derek depuis des heures.

— Où est Derek ?

— Il ramène Kitty à *St. Terry.*

Elle s'assit sur l'un des canapés et d'un air las, posa sa nuque sur les coussins.

— Voulez-vous boire quelque chose ? me proposa-t-elle.

— Volontiers. Je vous sers, par la même occasion ?

— Vous seriez un amour. Il y a un petit bar à liqueurs dans mon bureau. Pour moi, ce sera un scotch, avec beaucoup de glace, s'il vous plaît.

Je traversai le hall et entrai dans le bureau, où je dénichai un vieux verre ciselé et une bouteille de Cutty Sark. Lorsque je regagnai le salon, Sufi était de retour, et la maison baignait dans ce silence un peu creux qui succède généralement à un bruit trop fort.

Je repérai un bac à glaçons sur la table du buffet, et y puisai plusieurs cubes avec une de ces pinces qui ressemblent tant à une griffe de dinosaure.

— Tu dois être épuisée, murmura Sufi. Pourquoi ne montes-tu pas te coucher ?

Glen lui sourit faiblement.

— Tout à l'heure. Rentre chez toi, maintenant.

Sufi l'embrassa sur la joue, chercha son sac et s'éloigna non sans me lancer un long regard pensif. Je tendis son scotch à Glen et m'assis en face d'elle, les pieds posés sur le canapé. J'avais mal aux reins, mon bras gauche m'élançait. Je vidai d'un trait mon reste de vin et le remplaçai par du Cutty Sark.

— Je vous ai vue bavarder avec Jim, déclara Glen après un silence. Que vous disait-il ?

— Il pense que Bobby a eu une attaque cérébrale et que c'est ce qui a provoqué l'accident.

— Cela signifie quoi, en clair ?

— Ça signifie que la personne qui a essayé de le tuer il y a neuf mois a enfin réussi son coup.

Son expression était impénétrable. Elle baissa les yeux.

— Qu'est-ce que vous comptez faire, maintenant ?

— Il me reste de l'argent sur l'avance que Bobby m'avait donnée. J'ai l'intention de poursuivre mon enquête jusqu'à ce que j'aie découvert qui l'a tué.

Elle me dévisagea d'un air surpris.

— Pourquoi feriez-vous ça ?

— Pour mettre de l'ordre dans mes comptes. J'ai horreur d'avoir des dettes, pas vous ?

— Oh si ! murmura-t-elle.

Elle leva lentement son verre. J'en fis autant, et on but ensemble.

Elle monta se coucher dès le retour de Derek et, avec sa permission, je passai les trois heures suivantes à fouiller son bureau ainsi que la chambre de Kitty. Puis je quittai la maison et rentrai chez moi.

CHAPITRE XIV

Le lundi matin, à 8 heures précises, je me retrouvai dans la salle de gymnastique. Sans réfléchir, je me mis à chercher Bobby des yeux. Idiote ! Il ne viendrait plus jamais. J'avais du mal à accepter son absence. Le regret est une sensation déplaisante qui vous laisse au cœur un vide angoissant. Pas aussi poignante que le chagrin, tout aussi envahissante. Je continuai à faire mes exercices jusqu'à la limite de mes forces pour m'empêcher de trop réfléchir. La fatigue physique a ceci de bon qu'elle oblitère toute autre considération personnelle. Ce n'est pas un remède, mais c'est mieux que rien.

Ma séance terminée, je me douchai, me rhabillai et filai au bureau. Je n'y avais pas remis les pieds depuis le mercredi après-midi. Le courrier s'était empilé, et le voyant rouge de mon répondeur était allumé. Parant au plus pressé, je commençai par me préparer un pot de café noir et par m'en servir une bonne tasse. Puis je m'installai dans ma chaise pivotante, les pieds sur mon bureau, et je fis défiler les messages de mon répondeur.

La bande revint à son point de départ et la voix de Bobby résonna dans la pièce. Le choc me glaca sur place.

« Salut, Kinsey. C'est Bobby. Je suis désolé pour tout à l'heure. Je me suis vraiment conduit comme un idiot. Je sais bien que vous vouliez seulement me réconforter. Dites, il m'est revenu un truc entre-temps. Ça a l'air bête comme ça, mais je crois qu'un certain Blackman est dans le coup. Je ne sais pas si c'est à lui que j'ai remis le carnet rouge ou si c'est le type qui veut ma peau. Il est possible aussi que ça n'ait aucun rapport. Ma mémoire est une telle passoire que je ne peux jurer de rien. On en reparlera à tête reposée, d'accord ? Je dois voir Kleinert, mais on pourrait peut-être se retrouver dans la soirée pour boire un verre ? Je vous rappellerai. Bye, trésor. Faites attention à vous. »

Je stoppai l'appareil, le regard fixe. Puis j'ouvris le tiroir de mon bureau et j'en sortis l'annuaire téléphonique. Il y avait bien un S. Blackman sur la liste, mais son adresse n'était pas mentionnée. Sûrement une femme qui voulait protéger sa vie privée. Et si cette femme détenait la clé du mystère ? Imaginons que Bobby lui ait effectivement confié le carnet rouge, ou à défaut qu'il lui ait raconté toute l'affaire ? J'allais peut-être découvrir la vérité d'un simple coup de téléphone... Je tapotai fébrilement les touches du cadran. Un disque me répondit que le numéro n'était plus en service. S. Blackman avait peut-être quitté la ville. A moins qu'elle ne soit morte mystérieusement !

Je consignai le numéro sur la fiche de Bobby, puis je songeai que je n'avais pas encore parlé à son ancienne petite amie, Carrie St. Cloud. Glen m'avait dit qu'elle ne s'était pas manifestée depuis l'accident, mais il était possible qu'elle se souvienne de quelque chose d'important concernant cette période. J'essayai le numéro que m'avait donné Glen, et j'eus une brève conversation avec la mère de Carrie. Elle m'apprit que sa fille avait quitté le foyer familial un an plus tôt et qu'elle partageait maintenant un appartement avec une amie. Elle travaillait à plein temps comme professeur d'aérobic dans un studio de Chapel. Je notai les deux adresses, remerciai la dame, et filai aussitôt.

Le studio était à quelques minutes de mon bureau. La personne chargée d'accueillir la clientèle m'écouta silencieusement lui demander si Carrie était là, puis elle pointa son index en direction d'un couloir d'où montait une musique assourdissante. Je suivis le bout de son doigt et me retrouvai devant un mur qui m'arrivait à la taille. En contrebas, une classe d'aérobic se déhanchait à qui mieux-mieux.

Carrie hurlait des encouragements à une quinzaine de possédées, vêtues de justaucorps moulants qui se trémoussaient du postérieur de façon quasiment obscène.

Carrie St. Cloud était une surprise. Son nom m'avait donné à penser qu'il s'agissait d'une majorette de pacotille, aux formes rebondies, aux cheveux blond platine et au sourire niais. Erreur. Elle devait avoir vingt-deux ans à tout casser, un corps sculptural et des cheveux noirs qui lui arrivaient à la taille. Son visage avait la beauté racée d'une statue grecque, sa bouche était pleine, son menton délicatement arrondi. Son justaucorps jaune pâle soulignait la perfection de son corps de gymnaste, à la poitrine discrète, sans le plus petit soupçon de graisse. La façon qu'elle avait d'enchaîner les exercices sans laisser paraître le moindre essoufflement prouvait qu'elle tenait une forme physique exceptionnelle. Toute la classe suait sang et eau. Pas elle.

Le cours arrivait à son terme. Carrie montra à ses

élèves quelques mouvements de relaxation, puis les autorisa à souffler, vautrées sur le sol comme des chiffons. Elle coupa la musique et s'épongea le visage avec une serviette, puis elle sortit par une porte située en contrebas. Je dégringolai en hâte les escaliers et la rejoignis près du distributeur d'eau, juste à côté des vestiaires.

— Carrie ?

Elle se retourna lentement. Elle avait noué sa serviette autour de son cou, comme un boxeur qui vient de quitter le ring.

— Oui ?

Je lui expliquai qui j'étais et lui demandai la permission de lui poser quelques questions sur Bobby Callahan.

— D'accord. J'espère que vous ne voyez pas d'inconvénient à ce que nous parlions pendant que je me change. J'ai un rendez-vous à midi.

Je la suivis dans les vestiaires. La pièce était d'aspect assez rudimentaire, avec du carrelage blanc aux murs, des bancs fixés au sol et des miroirs un peu partout. Un bruit de douches crépitait sur ma gauche, ponctué par le rire des élèves qui affluaient de la salle de cours.

Carrie ôta ses chaussures et se dépouilla de son justaucorps comme d'une peau de banane. Je cherchai un endroit où me placer tandis qu'elle enfouissait sa longue chevelure sous un bonnet en plastique et se dirigeait vers les douches. Des femmes nues déambulaient devant moi. C'était un spectacle plutôt réconfortant. Elles étaient plus ou moins bien faites, mais il régnait entre elles une atmosphère de camaraderie qui faisait plaisir à voir.

Carrie réapparut, enveloppée dans un peignoir. Elle

libéra ses cheveux et commença à se sécher tout en me parlant.

— Je voulais assister à l'enterrement, mais je ne m'en suis pas senti le courage. Vous y étiez, vous ?

— Oui. Je ne connaissais pas Bobby depuis longtemps, mais je l'aimais bien. Vous sortiez avec lui avant l'accident, n'est-ce pas ?

— En fait, nous venions de rompre. Nos rapports se détérioraient depuis un moment déjà. Là-dessus, je suis tombée enceinte... Bobby a payé tous les frais de l'avortement. La nouvelle de son accident m'a causé un choc terrible, mais j'ai préféré rester en dehors de tout ça. Je sais bien que mon attitude en a choqué plus d'un, mais qu'est-ce que je pouvais faire ? Tout était fini entre nous. Je ne me voyais pas revenir simplement pour sacrifier aux convenances.

— Vous avez entendu dire quelque chose de précis à propos de l'accident ?

— Il paraît que quelqu'un l'avait poussé dans le vide.

— Vous ne savez pas qui, ni pourquoi ?

Elle s'assit sur un banc et s'essuya méticuleusement les pieds.

— Eh bien... oui et non. Je savais qu'il avait des problèmes. Il ne se confiait plus beaucoup à moi à l'époque, mais il m'a accompagnée lorsque je me suis fait avorter, et pendant quelques jours il a vraiment été très attentif.

Elle se débarrassa du peignoir et se dirigea vers l'un des vestiaires pour y récupérer ses vêtements.

— En fait, je n'ai pas d'information précise. Seulement une impression. Je me souviens qu'il m'a dit qu'une de ses relations avait des ennuis. J'ai eu le sentiment qu'il s'agissait d'une histoire de chantage.

— De chantage ?

— Oui. Enfin, pas dans le sens ordinaire. Je ne crois pas qu'il était question d'argent. C'était plutôt un chantage moral, si vous voyez ce que je veux dire. Quelqu'un savait quelque chose de grave à propos de quelqu'un d'autre. J'ai eu l'impression qu'il avait résolu d'aider la victime et qu'il venait de trouver une solution...

Elle enfila un slip et un long T-shirt à même la peau. Elle devait estimer pouvoir se passer de soutien-gorge.

— C'était quand, exactement ? Vous vous souvenez de la date ?

— C'est facile : j'ai avorté le 16 novembre, et ce soir-là Bobby ne m'a pas quittée. L'accident a eu lieu le lendemain, je crois, le 17. Ça devait donc se situer dans le courant de cette semaine-là.

— Je suis en train d'éplucher les journaux de septembre dans l'espoir de trouver un indice, malheureusement je n'ai aucune idée de ce que je cherche. Vous ne pouvez pas m'aider, par hasard ?

Elle secoua la tête.

— Désolée. Je ne sais vraiment rien de plus.

— A votre avis, est-ce que Rick Bergen pouvait être la personne qui avait des ennuis ?

— Je ne pense pas. Je connaissais Rick. Si c'était lui qui avait été concerné, Bobby me l'aurait dit.

— Un collègue de travail, peut-être ?

— Ecoutez, je ne peux vraiment pas vous répondre, déclara-t-elle avec impatience. J'étais sous l'influence des calmants et je dormais à moitié. Bobby me parlait simplement pour m'empêcher de broyer du noir.

— Est-ce que le nom de Blackman vous dit quelque chose ?

— Je ne vois pas, non.

Elle enfila un collant, des bottines en toile, donna quelques vigoureux coups de brosse à ses cheveux. Puis elle attrapa son sac à main, le glissa sur son épaule et se dirigea vers la porte.

— Qui fréquentait-il à cette époque ? insistai-je en courant derrière elle. Dites-moi juste un nom ou deux. J'ai besoin de quelque chose de concret.

Elle s'arrêta et me lança un bref regard.

— Essayez un type qui s'appelle Gus. Je ne connais pas son nom de famille, mais il travaille à la patinoire, près de la plage. C'est un vieux copain d'université de Bobby. Je crois qu'il avait toute sa confiance. Il pourra peut-être vous renseigner.

— Pourquoi avez-vous rompu avec Bobby ?

Elle eut un sourire crispé.

— Vous êtes vraiment tenace, dans votre genre. Il était amoureux de quelqu'un d'autre. Inutile de me demander de qui, je n'en sais rien. Si j'avais pu deviner qu'il y avait une autre femme, je l'aurais quitté bien avant. En fait, je n'ai appris son existence que le jour où je lui ai dit que j'étais enceinte. Je croyais naïvement qu'il proposerait de m'épouser. Mais quand il m'a avoué qu'il était amoureux de quelqu'un d'autre, j'ai su ce qu'il me restait à faire. Cela dit, il a fait son possible pour m'aider. Il était sincèrement effondré de m'avoir mise dans un tel pétrin. C'était un type bien, sans un soupçon de méchanceté.

Je la retins par le bras au moment où elle allait s'éloigner.

— Il ne vous a pas laissé un petit carnet rouge ?

— Tout ce qu'il m'a laissé, c'est un cœur en morceaux, lâcha-t-elle avant de s'éloigner sans un regard en arrière.

CHAPITRE XV

La patinoire est une espèce de boîte vert sombre située juste à la sortie d'un parking, tout près de la plage. Pour trois dollars, vous pouvez louer une paire de patins à roulettes, avec en prime des protections pour les genoux et les coudes.

Question copains, les goûts de Bobby étaient vraiment imprévisibles. Gus était exactement le genre de type qu'il vaut mieux ne pas rencontrer au coin d'une rue sombre si on est cardiaque. Sensiblement du même âge que Bobby, il était brun avec un corps fluet et un teint cireux. Il se laissait pousser un embryon de moustache qui lui donnait l'air d'un repris de justice en cavale. J'avais vu un tas de truands avec une tête plus avenante que la sienne.

J'étais en train de lui expliquer que j'étais une amie de Bobby quand une blonde aux longues jambes bronzées vint lui rapporter une paire de patins. Il lui restitua ses chaussures et son vestiaire et attendit qu'elle se soit éloignée pour me parler.

— Je vous ai vue à l'enterrement, me dit-il timidement. Vous étiez assise à côté de Mrs. Callahan.

— Je ne vous ai pas remarqué. Vous êtes venu à la

maison, ensuite ?

Il secoua la tête en rougissant légèrement.

— Je ne me sentais pas très bien.

— Vous avez été malade ?

Il hésita un instant, puis murmura :

— J'ai la maladie de Crohn. Vous savez ce que c'est ?

— Non.

— C'est une sorte d'inflammation des intestins. Je ne garde aucun aliment et je perds du poids. Je suis constamment fiévreux. Je traîne ça depuis deux ans. Je ne peux pas garder un emploi sérieux, alors je fais ça.

— Je suis désolée. Ce doit être difficile à vivre.

— Bobby me remontait le moral. Il était tellement mal en point que quelquefois on se mettait à en rire. Quand j'ai appris sa mort, j'ai failli tout laisser tomber. Et puis j'ai entendu sa voix qui me disait : « Accroche-toi vieux, ce n'est pas la fin du monde... Bats-toi, fais pas le con. »

Il secoua la tête.

— C'était Bobby, j'en suis sûr. C'était exactement sa voix. Alors je me suis accroché. Vous enquêtez sur sa mort ?

J'acquiesçai avant de lui demander s'il était au courant de ce qui pouvait préoccuper Bobby à l'époque de l'accident. Il se dandina d'un air gêné, le regard fuyant.

— Je ne sais pas que vous répondre. Je veux dire... si Bobby ne vous en a pas parlé, pourquoi est-ce que je devrais le faire ?

— Il ne se souvenait de rien. C'est pourquoi il m'a engagée. Il pensait qu'il était en danger et il voulait que je découvre ce qui se tramait.

— Ecoutez, je ne me demanderais pas mieux de vous

aider... mais je ne vois pas ce que je pourrais vous apprendre de plus.

— Qu'est-ce qui vous tracasse ?

Il baissa les yeux.

— J'ai seulement besoin de réfléchir. Je ne sais pas grand-chose, mais je n'ai pas envie d'en parler pour l'instant. Vous me comprenez ?

Je lui reconnaissais ce droit. Pousser les gens dans leurs retranchements n'a jamais rien donné de bon. Il vaut mieux attendre qu'ils se livrent spontanément. C'est généralement beaucoup plus productif. Je le gratifiai d'un sourire.

— J'espère que vous m'appellerez. Sinon, je suis très capable de revenir et de me conduire comme une vraie peste.

Je sortis une de mes cartes et la posai sur le comptoir.

Il me sourit d'un air gêné.

— Vous pouvez patiner gratuitement, si vous voulez. C'est un bon exercice.

— Merci. Une autre fois.

Je regagnai ma voiture, consciente de son regard planté dans mon dos. Il ne me restait plus qu'à espérer qu'il se manifesterait.

Plus que jamais décidée à mettre la main sur le carton où avaient été rangées les affaires de Bobby après son accident, je mis le cap sur Glen Road. Glen s'était apparemment rendue à San Francisco pour la journée, mais Derek était là et je lui expliquai ce que je cherchais.

Il eut un regard sceptique.

— Je me souviens d'un carton, mais vous dire ce qu'il est devenu... Je ne vois que le garage.

Il m'escorta jusqu'au garage à trois places qui se

dressait à un bout de la maison. Des casiers de rangement occupaient tout le mur du fond, regorgeant de boîtes de tailles diverses qui avaient l'air d'être là depuis des lustres. Je repérai un carton à moitié dissimulé sous un banc, sur lequel la mention « Seringues jetables » était rédigée en gros caractères. Derek m'aida à le tirer et à l'ouvrir. Son contenu était des plus décevant. Pas le moindre carnet rouge, rien sur un certain Blackman, pas de notes personnelles, aucune correspondance... Je n'y trouvai que des bouquins de médecine, deux manuels de radiologie et quelques fournitures de bureau. Qu'est-ce que j'allais faire d'une poignée de trombones et d'une ribambelle de stylos ?

— C'est maigre, commenta Derek.

— C'est plus que maigre, soupirai-je. Ça ne vous ennuie pas si je l'embarque quand même ? Je voudrais l'examiner plus à fond.

— Bien sûr. Attendez, je le porte jusqu'à votre voiture.

Je le remerciai poliment. J'aurais très bien pu me débrouiller seule, mais si ça lui faisait plaisir... Il casa tant bien que mal le carton sur ma banquette arrière, je lui promis de rester en contact et filai chez moi.

Je venais de passer ma tenue de jogging et je verrouillais ma porte quand Henry tourna le coin de la rue avec Lila Sams. Ils cheminaient côte à côte, les doigts tendrement emmêlés. Henry avait l'air de nager en pleine extase. Le sourire de Lila se figea quand elle m'aperçut, mais elle se composa très vite un visage aimable.

— Regardez la folie que vient de faire ce grand bêta, minauda-t-elle en m'agitant sa main droite sous le nez.

Son annulaire s'ornait d'un diamant tellement énorme

que je fis mentalement une prière pour que ce soit du toc.

— Elle est splendide, articulai-je faiblement. Vous fêtez quelque chose de particulier ?

Pourvu qu'ils ne se soient pas fiancés... Henry était trop adorable pour se lier avec une teigne pareille !

— Notre rencontre, tout simplement, déclara Henry en la couvant des yeux. C'était il y a un mois ? Six semaines ?

— Le vilain, il a déjà oublié ! gazouilla Lila. C'était le 12 juin, le jour de l'anniversaire de Moza, et je venais juste d'emménager chez elle. Vous aviez préparé un merveilleux goûter et depuis vous n'avez pas cessé de me gâter honteusement. N'est-il pas terrible, ce méchant garçon ? ajouta-t-elle en me regardant.

J'avais les joues qui commençaient à me faire mal à force de m'empêcher de sourire. Je n'ai jamais été très douée pour échanger des stupidités sur le pas de ma porte.

— Je le trouve plutôt adorable, murmurai-je platement.

— Evidemment, il est adorable ! riposta-t-elle aigrement. Certaines personnes ne se gênent pas pour en profiter !

Sa voix aiguë me vrilla les tympans. Il y avait de l'orage dans l'air, mais je ne voyais toujours pas où elle voulait en venir. Elle brandit un doigt menaçant dans ma direction.

— A commencer par vous ! Je l'ai déjà dit à Henry et je n'hésite pas à vous le répéter bien en face : le loyer que vous lui versez est un scandale et vous le savez très bien !

— Quoi ?

Elle plissa les paupières, le visage crispé.

— Inutile de jouer les innocentes. Deux cents dollars par mois ! C'est ce que j'appelle de l'escroquerie pure et simple ! Vous savez combien se loue un studio dans le quartier ? Trois cents dollars. Au bas mot. Vous le volez de cent dollars par mois, et je trouve votre combine absolument révoltante !

— Voyons, Lila, intervint Henry d'un air gêné. Kinsey allait sortir. Ce n'est pas le moment de parler de ça...

— Elle a bien deux minutes, non ? grinça Lila en me foudroyant du regard.

— Bien sûr, murmurai-je faiblement en me tournant vers Henry. Je vous ai vraiment causé du tort ?

Lila ne lui laissa pas le temps d'ouvrir la bouche.

— Laissez Henry en dehors de ça. Il a trop d'affection pour vous pour avoir le courage de vous parler franchement. Dieu merci, je suis là pour remettre les pendules à l'heure ! Comment avez-vous pu profiter d'un homme qui est la bonté même ? Vous n'avez donc pas de moralité ?

— Jamais je ne...

— Ah non ? Qu'est-ce que vous faites d'autre depuis... combien de temps, au fait ? Un an ? Quinze mois ? Et ne me dites pas que vous ne le faites pas exprès parce que vous me forceriez à vous traiter de menteuse !

J'ouvris tout grand la bouche et la refermai, incapable d'émettre un son.

— Nous reparlerons de tout ça plus tard, intervint enfin Henry en entraînant prudemment Lila.

Je les regardai rentrer dans la maison, pétrifiée. Lila continuait à vociférer d'une voix aiguë. Cette femme était cinglée, ou quoi ?

Une fois la porte refermée sur eux, je relâchai lentement mon souffle et constatai que j'étais en nage. Attachant ma clé à mon lacet de chaussure, je me mis à courir, dans l'espoir de mettre un maximum de distance entre eux et moi.

Je fis trois kilomètres et je rentrai en marchant. Les stores de Henry étaient baissés, ses fenêtres fermées. La façade avait quelque chose de sinistre, un peu comme l'accès d'une plage après l'heure de la fermeture. J'enfilai des vêtements propres et je ressortis. Je me sentais toujours aussi sonnée, mais une saine colère commençait à couver en moi. De quoi se mêlait cette harpie, d'abord ? Et pourquoi Henry n'avait-il pas pris ma défense ?

J'entrai résolument chez Rosie. Il était à peine cinq heures, la salle était déserte. Une odeur de tabac froid flottait dans l'air, les chaises étaient posées à l'envers sur les tables. Je me dirigeai droit vers l'arrière-salle et poussai la porte de la cuisine. Rosie me lança un regard stupéfait et cessa d'éplucher ses poireaux.

— Un ennui ? me demanda-t-elle en voyant ma tête.

— Je viens d'avoir une scène avec l'amie de Henry.

— Ah !

Elle décapita un poireau d'un geste précis.

— En tout cas, elle n'a pas remis les pieds ici. Elle a compris où était son intérêt.

— Rosie, cette femme est complètement cinglée. Vous ne pouvez pas imaginer les injures qu'elle a vomies contre vous le soir où vous l'avez flanquée dehors. Maintenant, elle m'accuse d'escroquer Henry sur le montant de mon loyer !

— Asseyez-vous. Vous avez l'air d'avoir besoin d'un bon remontant.

Elle se dirigea vers un placard situé sous l'évier, et en sortit une bouteille de vodka. Elle nous en servit deux solides rasades dans des tasses à café, qu'on but cul sec.

— Ouf..., soufflai-je involontairement.

J'eus la sensation que mon tube digestif se désagrégeait et qu'un énorme trou se formait au niveau de mon estomac.

Rosie transporta ses poireaux dans l'évier, les rinça à grande eau puis se tourna vers moi.

— Filez-moi vingt cents, dit-elle en tendant la main.

Je fouillai mon sac, y puisai de la monnaie. Rosie s'empara de mes pièces et se dirigea vers le téléphone accroché au mur.

— Qui appelez-vous ? m'affolai-je. Pas Henry, au moins ?

— Chut ! siffla-t-elle.

Elle me fit taire d'un geste de la main, puis se mit à susurrer dans le combiné :

— Bonjour, ma chère. Rosie à l'appareil. J'aimerais que vous veniez me voir. Immédiatement. J'ai quelque chose à vous demander.

Elle raccrocha aussi sec et me lança un regard satisfait.

— Mrs. Lowenstein sera là dans une minute.

Moza Lowenstein s'assit sur la chaise en plastique que j'avais empruntée tout exprès au bar. Moza est une femme imposante, avec des cheveux noirs qu'elle tresse en couronne sur le dessus de sa tête. Ils sont parsemés de quelques fils d'argent, et son visage recouvert d'une fine couche de poudre a la douceur un peu molle d'un marshmallow. Quand elle parle à Rosie, elle s'arrange généralement pour tenir un truc à la main : un stylo, une cuillère en bois, bref, tout ce qui peut avoir les vertus d'un talisman protecteur contre les attaques de Rosie. Cette fois, c'était une serviette. Apparemment, Rosie l'avait surprise dans sa cuisine et elle était venue à fond de train. Elle en a une peur bleue, et dans une certaine mesure, ça se comprend.

— Qui est cette Lila Sams ? rugit Rosie sans s'embarrasser de politesses.

Moza se recroquevilla sur sa chaise.

— Je ne sais pas très bien, avoua-t-elle d'une voix tremblante. Elle a sonné un jour à ma porte et m'a expliqué qu'elle venait pour la chambre à louer. Je lui ai dit que c'était une erreur, que je n'avais rien de ce genre et alors... eh bien, elle a éclaté en sanglots. Que pouvais-je faire ? Je l'ai invitée à entrer prendre une tasse de thé.

Rosie lui lança un regard incrédule.

— Et ensuite vous lui avez loué une chambre ?

Moza tritura sa serviette jusqu'à ce qu'elle ressemble à une balle de ping-pong.

— Euh, non... Je lui ai juste dit qu'elle pouvait rester jusqu'à ce qu'elle trouve un logement, mais elle a insisté pour payer sa pension. Elle ne pouvait pas être ma débitrice, m'a-t-elle dit.

— Ça s'appelle louer une chambre, siffla Rosie.

— Euh oui, évidemment, si vous considérez les choses sous cet angle...

— D'où venait-elle ?

Moza déplia sa serviette et essuya la sueur qui perlait à son front.

— D'une petite ville de l'Idaho.

— *Quelle* petite ville ?

— Je ne sais pas, moi ! protesta Moza, sur la défensive.

— Vous hébergez une femme sous votre toit et vous ne savez même pas d'où elle vient ?

— Quelle différence ça fait ?

— Et vous ne savez même pas quelle différence ça fait ? hurla Rosie en la dévisageant comme une attardée mentale.

Moza baissa les yeux.

— Vous allez vous débrouiller pour le savoir, et vite, poursuivit Rose. Compris ?

— Je vais essayer, mais elle n'aime pas qu'on lui pose des questions...

— Ah oui ? Eh bien, moi, je n'aime pas cette femme et je veux savoir ce qu'elle magouille. Alors vous allez vous arranger pour découvrir d'où elle vient et Kinsey se chargera du reste. Est-ce que c'est clair ?

Moza avala lentement sa salive. Un dilemme terrible la déchirait. Qu'est-ce qui était pire ? Encourir les foudres de Rosie ou se faire pincer en train d'espionner Lila Sams ? La lutte serait âpre, mais je savais déjà de quel côté la balance pencherait.

CHAPITRE XVI

Je retournai au bureau en fin de journée pour taper mes notes. Il n'y avait pas grand-chose, mais je déteste me laisser déborder. Depuis la mort de Bobby, j'avais décidé de rédiger régulièrement des rapports et de comptabiliser quotidiennement mon travail, ne fût-ce que pour ma propre tranquillité d'esprit. Je venais d'en finir et de ranger sa fiche dans mon classeur quand on frappa deux coups à ma porte. Derek Wenner apparut.

— Bonjour. J'espérais vous trouver ici.

— Bonjour, Derek. Entrez donc.

Il avança d'un air indécis, jetant un regard circulaire sur le local exigu qui me servait de bureau.

— Je n'imaginais pas ça comme ça, murmura-t-il. Je veux dire... c'est petit, mais fonctionnel. Euh... vous avez découvert quelque chose d'intéressant dans le carton de Bobby ?

— Je n'ai pas encore eu le temps de m'en occuper, je vous en prie, asseyez-vous.

Je lui trouvai l'air anxieux, mais je n'avais pas la moindre idée de ce qui pouvait l'amener. On s'était vu quelques heures plus tôt et je n'avais franchement rien de spécial à lui dire.

— Comment va Glen ? lui demandai-je.

— Bien. Je ne sais pas comment elle arrive à tenir aussi bien le coup. C'est une battante, vous avez dû vous en apercevoir.

Il se racla la gorge, puis reprit d'une voix différente :

— Je suis venu vous voir parce que j'ai reçu tout à l'heure un coup de fil de l'avocat de Bobby. Il voulait me parler du testament qu'il a laissé. Vous connaissez Varden Talbot ?

— Nous ne nous sommes pas rencontrés, mais il m'a envoyé des copies du rapport de police concernant l'accident.

— C'est un type très bien.

Il gigotait sur son siège, de plus en plus mal à l'aise. Je décidai de l'aider un peu, sinon on risquait d'y passer la nuit.

— Qu'est-ce qu'il vous a dit ?

Le visage de Derek exprima un mélange fascinant d'embarras et d'incrédulité.

— Eh bien, c'est absolument insensé, mais il semble que ce soit ma fille qui hérite de la fortune de Bobby.

Il me fallut quinze secondes pour comprendre que la fille en question était Kitty Wenner, la droguée hystérique qui résidait actuellement à *St. Terry*, dans le service de psychiatrie.

— Kitty ? articulai-je.

Il croisa nerveusement les jambes.

— J'ai été le premier surpris. D'après ce que m'a dit Varden, Bobby a rédigé un testament au moment où il a hérité, il y a trois ans. A cette époque, il laissait tout à Kitty. Et puis, peu après l'accident, il a fait ajouter un codicille, comme quoi une partie de son argent irait également aux parents de Rick.

Je faillis répéter « aux parents de Rick », comme un perroquet, mais je me retins à temps.

— Glen n'est pas encore au courant, poursuivit Derek. Je suppose qu'elle voudra parler à Varden dès demain matin. Il doit nous envoyer une copie du testament...

— Et personne ne se doutait de la chose ?

— Pas que je sache.

Il continua à soliloquer, mais je ne l'écoutais plus. L'argent est toujours le principal mobile dans une affaire de meurtre. Trouvez qui hérite, et suivez la piste. Kitty Wenner. Phil et Reva Bergen...

— Excusez-moi, coupai-je brusquement. Il s'agit d'un héritage de quelle valeur ?

Derek se frotta lentement le menton.

— Eh bien... une centaine de milliers de dollars ira aux parents de Rick, je suppose. Et Kitty devrait toucher près de deux millions lourds. C'est un chiffre approximatif, évidemment...

Des myriades de zéros se mirent à danser devant mes yeux. Je le regardai fixement.

— Où est le problème ? lui demandai-je.

— Comment ?

— Je ne comprends pas très bien pourquoi vous venez me raconter tout ça. Il y a un problème ?

— Je crois que je m'inquiète de la réaction de Glen. Vous savez comment elle est avec Kitty.

Je haussai les épaules.

— C'était l'argent de Bobby et il avait le droit d'en faire ce qu'il voulait. Je ne vois pas très bien ce qu'elle pourrait avoir à y redire.

— Alors, vous pensez qu'elle ne contestera pas le testament ?

— Derek, je ne peux absolument pas me prononcer sur la réaction de Glen. Parlez-lui-en et vous verrez bien.

— Euh... oui. C'est ce que je vais faire dès qu'elle sera rentrée.

— Je suppose que l'argent a été placé sous tutelle puisqu'elle n'a que dix-sept ans. Qui le gère ? Vous ?

— Oh non ! C'est la banque. Je crois que Bobby n'avait pas une très haute opinion de moi. Pour être tout à fait franc, je suis un peu ennuyé par la tournure que prend cette affaire. Bobby clame partout qu'on essaie de le tuer, là-dessus il meurt et c'est Kitty qui hérite de son argent...

— La police tiendra certainement à l'entendre.

— Vous ne croyez pas qu'elle a quelque chose à voir avec la mort de Bobby, au moins ?

Nous y voilà, songeai-je.

— J'avoue que c'est une hypothèse qui ne m'a pas effleurée. Mais la Criminelle en jugera peut-être autrement. Il est fort possible qu'on s'intéresse également à vous.

— A moi ? croassa Derek avec un sursaut.

— Bien sûr. Qui hériterait s'il arrivait quelque chose à Kitty ? Et comme on ne peut pas dire qu'elle soit vraiment en bonne santé...

Il me regarda d'un air atterré. De toute évidence, il regrettait sa démarche. Il devait croire que je le rassurerais et, au contraire, je confirmais ses pires soupçons. Il se hâta de mettre un terme à notre conversation et se leva en m'assurant qu'il garderait le contact. Comme il se détournait pour partir, je remarquai qu'une large auréole de sueur plaquait sa chemise sur ses omoplates.

— Derek ! dis-je soudain. Est-ce que le nom de Blackman vous dit quelque chose ?

— Non. Pourquoi ?

— Pour rien. Merci d'être venu. Tenez-moi au courant dès que vous aurez du nouveau.

— Je n'y manquerai pas.

Après son départ, je passai un coup de fil à un ami employé à la compagnie du téléphone pour lui demander de se renseigner sur S. Blackman. Il me promit de me rappeler, et je descendis à ma voiture pour y récupérer le carton que j'avais trouvé dans le garage de Bobby. Son contenu était toujours aussi décevant. J'en dressai la liste, puis refermai la boîte en me promettant de la rapporter la prochaine fois que je me rendrais chez Bobby.

Comme je ne voyais rien d'autre à faire dans l'immédiat, je décidai de rentrer.

A peine garée, je me surpris à vérifier que Lila Sams n'était pas dans les parages. Je n'avais rencontré cette femme que deux ou trois fois, mais elle avait déjà réussi à empoisonner l'atmosphère de mon chez-moi. La porte de derrière était ouverte et une bonne odeur de cannelle filtrait à travers la moustiquaire. Un coup d'œil méfiant à l'intérieur me prouva que Henry était dans sa cuisine avec une tasse de café et le journal du jour pour seule compagnie.

— Henry ?

Il leva les yeux.

— Kinsey ! Entrez. Voulez-vous du café ? J'ai des crêpes toutes chaudes.

J'avançai d'un pas hésitant, persuadée que Lila Sams allait surgir et me sauter dessus comme une tarentule.

— Je ne voudrais pas vous déranger, murmurai-je.

Lila est là ?

— Non, non. Elle avait à faire dehors. Mais elle devrait arriver vers 6 heures. Je l'emmène au restaurant, ce soir. J'ai réservé une table au Crystal Palace.

— Vraiment ? Vous la gâtez...

Henry m'approcha une chaise et me servit du café tandis que j'observais les lieux. Lila était visiblement passée par là. Des rideaux neufs ornaient les fenêtres. Ils étaient vert avocat, avec des dessins représentant des bottes de légumes. Il y avait également des sets de table couleur citrouille avec les serviettes assorties. Un dessous de plat flambant neuf trônait sur le comptoir, avec une inscription en lettres moulées.

— Vous avez modifié la décoration, remarquai-je.

Le visage de Henry s'illumina de fierté.

— Ça vous plaît ? C'est Lila qui a tout fait. Vous ne pouvez pas imaginer à quel point elle a transformé ma vie.

— J'en suis heureuse pour vous.

— Depuis que je la connais, je ne suis plus le même. Je me sens... vivant. Prêt à commencer une nouvelle existence.

Il ouvrit le four, décida que les crêpes n'étaient pas encore à point, le referma et ôta le gant de protection couleur citrouille qu'il avait enfilé comme un gant de boxe.

Je me trémoussai vaguement sur mon tabouret.

— J'ai pensé que nous devrions avoir une petite conversation au sujet des accusations que Lila a lancées contre moi, déclarai-je enfin.

— Ne vous en faites pas pour ça. Elle était de mauvaise humeur.

— Henry, je ne veux pas que vous puissiez croire que

je vous vole !

— Ridicule. Je n'ai jamais pensé une chose pareille.

— Oui, mais Lila, elle, en est convaincue.

— Pas du tout. Vous n'avez pas compris.

— Pas compris ? m'exclamai-je, suffoquée.

— Ecoutez, ce stupide malentendu est ma faute et je regrette de ne pas l'avoir dissipé plus tôt. Lila est désolée et je suis sûr qu'elle tiendra à s'excuser. Nous avons eu une longue conversation après votre départ et elle a reconnu son erreur. Elle est un peu soupe au lait, mais c'est une femme adorable. Dès que vous la connaîtrez mieux, vous verrez à quel point elle est merveilleuse.

Il alla à nouveau inspecter son four et cette fois sortit le plat de crêpes qu'il mit à refroidir sur le comptoir. Son regard glissa vers moi.

— Je n'ai pas encore eu l'occasion de vous le dire, mais Lila et moi avons décidé de nous lancer dans l'immobilier.

— Ah bon ?

— C'est comme ça que nous en sommes venus à parler de votre loyer. Vous comprenez, toute location entre en ligne de compte dans l'évaluation d'une propriété. Lila n'avait pas l'intention de se mêler de nos affaires. Elle est un petit peu pointilleuse sur les questions d'argent, c'est vrai, mais ça s'arrête là.

— Quel genre d'affaire immobilière ?

— Eh bien, elle possède des économies et, avec ce que nous rapportera cette maison, nous pourrons nous acheter la propriété de nos rêves.

— Vous avez l'intention de vendre votre maison ?

— Je préfère ne rien dire... Lila m'a fait jurer de garder le secret. Il n'y a encore rien de conclu, d'ailleurs. Tout devrait se décider dans les deux jours à venir. Mais, jusque-là, j'ai promis d'être muet comme une tombe.

— J'ignorais qu'elle s'y connaissait en immobilier.

— C'est un jeu d'enfant pour elle. Vous pensez, son mari brassait des affaires pas possibles au Nouveau-Mexique. Depuis sa mort, c'est elle qui a repris les rênes.

— Et elle vient du Nouveau-Mexique ? Je croyais avoir entendu dire qu'elle était de l'Idaho ?

— Oh ! Elle est d'un peu partout. C'est une voyageuse dans l'âme, vous savez. Je l'envie. Ce doit être formidable de vivre au jour le jour, avec une carte géographique pour tout bagage et le ciel au-dessus de sa tête...

Je l'aurais bien interrogé plus longuement, mais un « Youhou ! » aigu retentit au-dehors, et la silhouette obèse de Lila apparut dans l'encadrement de la porte-fenêtre. Elle porta les mains à ses joues en me voyant, et battit des cils d'un air effarouché.

— Oh ! Kinsey. Je devine pourquoi vous êtes ici...

Elle s'avança dans la cuisine et se tordit les mains comme si elle allait se mettre à genoux pour prier.

— Henry, lui avez-vous dit à quel point je suis désolée de m'être stupidement emportée tout à l'heure ?

Henry lui entoura les épaules de son bras et lui donna une petite bourrade affectueuse.

— Je lui ai tout expliqué, et je suis sûr qu'elle a parfaitement compris. Ce n'est pas la peine de vous tourmenter.

— C'est plus fort que moi, Poussinet. Je sens que j'aurai des remords tant que je ne lui aurai pas expliqué moi-même.

Poussinet ?

Elle se dirigea vers le tabouret où je m'étais perchée, saisit ma main droite et la serra très fort dans les siennes.

— Je suis terriblement navrée. Puis-je espérer que vous me pardonnerez pour les paroles si dures et injustes que j'ai eues à votre égard ?

Elle s'exprimait d'une voix tellement contrite que je crus que Poussinet allait écraser une larme. Elle me regarda droit dans les yeux tandis que deux de ses bagues s'incrustaient lentement dans mes doigts. Elle avait retourné les chatons côté paume de façon à ce que les pierres fassent un maximum de dégâts durant sa poignée de main.

— Je vous en prie, c'est déjà oublié, déclarai-je avec un large sourire. N'y pensez plus.

Et pour lui prouver que j'étais la générosité même, je descendis de mon tabouret et lui entourai les épaules de mon bras, exactement comme Henry. Elle eut droit à la même petite bourrade affectueuse, à la seule différence que pendant ce temps mon talon vint lui écraser consciencieusement le pied gauche. Elle tenta de se dégager, mais je ne lâchai pas prise et on resta quelques secondes à se fixer mutuellement. Finalement, elle relâcha la pression de ses doigts et je soulevai mon pied après avoir constaté que deux ronds rouges étaient apparus sur ses pommettes.

Poussinet avait l'air ravi de nous voir devenues subitement si bonnes amies. Là-dessus, je m'excusai et pris congé. Avant de partir, je remarquai avec satisfaction que Lila s'était assise précipitamment et qu'elle avait ôté une de ses chaussures.

CHAPITRE XVII

Je réintégrai mon appartement où je me servis un verre de vin blanc avant de me préparer un sandwich avec du fromage fondu, de fines tranches de concombre, des rondelles d'oignon et du pain noir. Puis, mon casse-croûte à la main, je me rendis dans la « salle de bains », entrouvris la fenêtre d'un millimètre et surveillai la maison de Henry. Il était 18 h 45 quand je les vis enfin, lui et Lila, partir pour le restaurant. Henry verrouilla la porte d'entrée puis aida galamment Lila à s'installer dans sa voiture, côté passager.

Très contente de moi, j'engloutis posément le reste de mon sandwich, troquai mes sandales contre une paire de tennis, puis m'emparai de mon trousseau de passe-partout, de mon rossignol et d'une lampe-torche. Après quoi, je me rendis chez Moza Lowenstein et pressai la sonnette.

Le visage effaré de Moza apparut derrière la porte entrebâillée.

— Oh ! C'est vous... Je me demandais qui pouvait bien me rendre visite à cette heure. J'ai cru que Lila avait oublié quelque chose.

Elle s'effaça pour me permettre d'entrer et je pénétrai

dans le vestibule d'un pas de conquérant.

— La chambre de Lila est par là, je crois ?

Moza me courut après le long du couloir, les yeux exorbités.

— Qu'est-ce que vous faites ? Lila n'est pas là !

Je tournai la poignée de la porte, et constatai que la chambre était verrouillée à clé.

— Vous ne pouvez pas entrer ici, bégaya Moza.

— Vous pariez ?

Elle paraissait vraiment effrayée, maintenant, et la vue de mon jeu de passe-partout n'arrangea rien.

— Vous ne comprenez pas. C'est fermé à clé.

— Mais non. Regardez.

J'ouvris calmement la porte tandis qu'elle crispait une main sur son cœur.

— Elle va revenir, croassa-t-elle d'une voix agonisante.

— Moza, je n'ai pas l'intention de prendre quoi que ce soit. Elle ne s'apercevra même pas que je suis entrée. Maintenant, soyez un ange et retournez au salon pour faire le guet, juste au cas où. D'accord ?

— Elle sera furieuse si elle vous trouve ici...

— Comme elle ne m'y trouvera pas, ça n'a pas la moindre importance.

Moza secoua la tête et recula d'un pas.

— Oh ! Mon Dieu, mon Dieu... Je préfère ne pas penser à ce qui se passera si elle revient brusquement !

Là, elle avait raison.

Je me glissai dans la pièce et refermai soigneusement la porte derrière moi avant d'allumer la lumière. La pièce sentait le tabac froid. L'ameublement se composait d'un méchant mobilier en bois terne, vétuste, bancal, fissuré. Il y avait une commode, deux tables de nuit assorties, une coiffeuse ornée d'un miroir rond. Les montants du lit étaient en cuivre recouvert d'une couche de peinture blanche écaillée, le dessus-de-lit en crochet rose avec des franges. Le papier peint représentait des bouquets de fleurs mauves et rose pâle sur fond de verdure.

La fenêtre était hermétiquement fermée, les stores baissés. Je m'approchai pour jeter un œil entre les lattes disjointes, puis consultai ma montre. Seulement sept heures. Parfait. J'avais une bonne heure devant moi.

Je décidai de commencer par la commode. A l'aide de ma lampe-torche, j'effectuai une rapide inspection du meuble, histoire de vérifier si un dispositif de sécurité n'avait pas été mis en place. Gagné : Lila avait piégé deux tiroirs en les scellant sur le côté à l'aide d'un cheveu. Je les ôtai délicatement et les déposai dans le cendrier qui traînait sur le meuble.

Le premier tiroir contenait un enchevêtrement de bijoux, des mouchoirs brodés, un étui de montre, des épingles à cheveux, quelques boutons dépareillés et deux paires de gants en coton blanc. J'examinais des yeux en ayant soin de ne rien toucher car chaque objet était relié par un cheveu. Système de sécurité, breveté par Lila Sams, songeai-je en souriant. Elle savait qu'en cas de fouille on commencerait logiquement par le tiroir du haut, d'où ce petit stratagème ingénieux qui lui permettait de vérifier d'un simple coup d'œil si elle avait eu de la visite en son absence.

J'essayai le deuxième tiroir, et y découvris une pile de slips en nylon, d'une taille impressionnante. Je passai une main prudente entre les vêtements, soucieuse de ne pas déranger le moindre pli. Je n'y trouvai rien d'intéressant. Ni revolver, ni boîte louche, ni renflement suspect.

Mue par une impulsion, j'ouvris à nouveau le tiroir du haut et inspectai le fond. Rien. J'ôtai complètement le tiroir et le retournai. Victoire ! Il y avait une enveloppe enfermée dans du plastique, fixée au dos du tiroir à l'aide d'un ruban adhésif. Tirant mon canif de ma poche, je décollai habilement un coin du plastique afin de pouvoir dégager l'enveloppe. Elle contenait un permis de conduire délivré dans l'Idaho à une certaine Delilah Sampson... En voilà une qui avait un sens de l'humour très biblique. Je notai l'adresse inscrite, ainsi que la date de naissance, la taille, le poids, la couleur des yeux et des cheveux de sa propriétaire. Tout semblait indiquer qu'il s'agissait de la femme que je connaissais sous le nom de Lila Sams. Aurais-je décroché le gros lot ? Je rangeai le permis dans l'enveloppe, replaçai le tout dans la cachette et recollai soigneusement le ruban adhésif. Puis je retirai le deuxième tiroir et découvris sans grande surprise un autre sachet au même endroit. Cette fois, j'y trouvai des cartes de crédit et un autre permis de conduire délivré à une certaine Delia Sims, domiciliée à Las Cruces, Nouveau Mexique. Je notai tout sur mon calepin, remis les documents dans la cache et le tiroir en place avant de jeter un coup d'œil à ma montre. 19 h 32. Impeccable. Après m'être assurée que la commode m'avait livré tous ses secrets, je refermai les tiroirs et fixai les cheveux de part et d'autre de la fente.

La coiffeuse et les tables de nuit, en revanche, ne m'apprirent rien d'intéressant. Je me dirigeai donc vers la penderie et fouillai consciencieusement les poches des vêtements, les valises, les sacs à main, sans oublier les boîtes à chaussures. L'une d'elles contenait encore la facture des escarpins rouges qu'elle portait le jour de notre première rencontre. Un talon de paiement par carte bancaire y était joint. J'empochai les deux papiers pour les examiner plus tard. Il n'y avait rien sous le lit, rien derrière la commode. Je faisais un tour d'horizon pour vérifier si je n'avais rien oublié lorsqu'un bruit étouffé monta du salon.

— Kinsey, les voilà! cria Moza d'une voix agonisante.

Au même instant une portière claqua.

— Merci, répondis-je calmement.

Un rapide coup d'œil circulaire. Tout avait l'air en ordre. Je me glissai hors de la pièce, refermai silencieusement la porte derrière moi et sortis mon trousseau de clés de ma poche. La lampe-torche! Merde, je l'avais oubliée sur la coiffeuse!

Des murmures à la porte d'entrée. Lila et Henry. Moza déployait des trésors d'amabilité, les questionnant sur le dîner. Je rouvris la porte, courus vers la coiffeuse sur la pointe des pieds, raflai la lampe-torche et me ruai à nouveau vers la porte d'un bond silencieux de gazelle. Priant pour que ce soit la bonne clé, je donnai un tour sur la gauche et récupérai délicatement mon trousseau avec des mains tremblantes. Un coup d'œil par-dessus mon épaule. Où fuir?

A droite, la chambre de Moza. A gauche, une alcôve pour le téléphone, un placard, la salle de bains et la cuisine, avec la salle à manger en enfilade. Pas le temps d'hésiter. Je fis deux enjambées de géant sur ma gauche et me coulai dans la salle de bains. A la seconde où je fus à l'intérieur, je sus que j'avais fait le mauvais choix. J'aurais dû essayer la cuisine et de là tenter de gagner la porte de derrière. Au lieu de ça, je me trouvais dans un cul-de-sac, coupée de toute retraite.

Sur ma gauche se dressait la cabine de douche masquée par une porte en verre dépoli. Sur ma droite, le lavabo, et juste à côté les W-C. La seule issue était un minuscule vasistas qui n'avait pas dû être ouvert depuis des années. Les voix enflèrent, indiquant que Lila était maintenant dans le hall. Je montai dans le bac de douche et repoussai doucement la porte vitrée. Impossible de la fermer complètement. Le déclic produit par la gâche aurait averti Lila d'une présence étrangère. Posant ma lampe-torche par terre, je m'aplatis au fond, bras croisés sur le carrelage. Les voix montèrent encore d'un cran et j'entendis Lila ouvrir la porte de sa chambre.

Le pommeau suspendu au robinet d'eau gouttait, déversant un filet glacé sur mon épaule. J'enfouis mon visage dans mon bras replié et j'essayai de penser à autre chose. Pourvu que je n'attrape pas une crampe... Pourvu que Lila et Henry n'aient pas l'idée d'ouvrir la porte de la douche. Je ne me souciais même pas de chercher une explication plausible. Il n'y en avait pas.

Je soulevai imperceptiblement la tête. Des voix dans le hall. Lila quittait sa chambre et la fermait de nouveau à clé. Peut-être avait-elle voulu vérifier que les cheveux étaient toujours en place.

La porte de la salle de bains s'ouvrit brusquement et la voix de Lila ricocha sur les murs carrelés comme une trompette. Mon cœur piqua un tel sprint que j'eus l'impression d'être plongée dans un bain glacé. Elle était à quelques pas de moi. Sa silhouette se découpait en ombre chinoise de l'autre côté de la vitre dépolie. D'instinct, je fermai les yeux comme si ce geste avait le pouvoir de me rendre invisible.

— J'en ai pour une minute, trésor chéri, roucoula-t-elle à l'adresse de Henry.

Puis elle se dirigea vers les toilettes et je perçus le froufroutement de sa robe en polyester.

« Seigneur, faites qu'elle n'ait pas envie de prendre une douche ! » priai-je mentalement.

J'étais dans un tel état de tension que je me sentais à deux doigts de tousser, d'éternuer ou de laisser échapper un rire hystérique. Je m'imposai une immobilité quasi hypnotique. La sueur ruisselait le long de mon dos.

La chasse cataracta et la porte des toilettes se rouvrit. Maintenant, Lila se lavait les mains dans le lavabo. Le robinet couina quand elle le referma, ses mains froissèrent une serviette, puis la porte de la salle de bains se referma et ses pas décrurent dans le hall. Patati, patata, petits bisous, petits rires, petits au revoir et, enfin, le silence.

— Kinsey ? Ils sont partis, chevrota Moza. Vous êtes toujours là ?

Je libérai lentement mon souffle et me redressai. Enfouissant ma lampe-torche dans ma poche, je jetai un coup d'œil soupçonneux par la vitre de la douche, pour le cas où il s'agirait d'une ruse. La maison était silencieuse, hormis Moza qui s'adressait au placard en chuchotant d'une voix angoissée.

— Je suis là, claironnai-je en gagnant le hall.

La pauvre Moza tremblait de tous ses membres. Elle n'eut même pas le courage de m'agonir d'injures et s'adossa contre le mur, les jambes flageolantes.

— Vous avez été géniale, lui murmurai-je. Je vous dois une fière chandelle. Pour la peine, je vous paierai un dîner chez Rosie.

Je me dirigeai vers la cuisine, la traversai et inspectai la rue avant de sortir. Il faisait nuit noire, maintenant. Je me coulai dehors et me mis à rire doucement. La certitude d'être en passe de démasquer Lila Sams me donnait des ailes. J'ignorais encore ce qu'elle tramait, mais j'allais le découvrir !

CHAPITRE XVIII

Une fois en sécurité dans mon appartement, je sortis le récépissé de la carte de crédit que j'avais fauché dans la boîte à chaussures de Lila. Daté du 25 mai, il provenait d'une boutique de Las Cruces. L'empreinte de la carte de crédit indiquait qu'elle appartenait à « Delia Sims », et une main obligeante avait été jusqu'à inscrire soigneusement le numéro de téléphone. Le temps de vérifier l'indicatif de Las Cruces dans mon bottin, et je composai le numéro. La sonnerie retentit longuement.

— Allô ?

Voix mâle. La quarantaine. Sans accent.

— Bonjour, répondis-je poliment. J'aurais voulu parler à Delia Sims.

Il y eut un moment de silence, puis :

— Ne quittez pas.

Une main se plaqua précipitamment sur le combiné et je perçus vaguement une conversation étouffée.

— Puis-je vous aider ?

Cette fois, la voix était celle d'une femme, mais je ne réussis pas à la classer dans une tranche d'âge.

— Delia ? fis-je.

— Qui est à l'appareil, je vous prie ?

L'intonation était distante.

— Excusez-moi. Ici Lucy Stansbury. Vous n'êtes pas Delia, n'est-ce pas ?

— Je suis une de ses amies. Delia est absente pour le moment. En quoi puis-je vous êtes utile ?

— Eh bien, voilà, improvisai-je à toute allure. Je vous appelle de Californie. J'ai rencontré Delia récemment et elle a oublié plusieurs affaires à elle sur la banquette arrière de ma voiture. Comme je ne savais pas où la joindre, j'ai décidé d'appeler le numéro qui figurait sur le récépissé d'une carte de crédit qu'elle a utilisée pour un achat dans une boutique de Las Cruces. Elle est toujours en Californie, ou bien elle est rentrée chez elle ?

— Un instant, je vous prie.

A nouveau, une main couvrit le récepteur, puis la femme fut de retour sur la ligne.

— Voulez-vous me laisser votre nom et votre numéro de téléphone pour que je puisse lui transmettre votre appel ?

— Oui, bien sûr.

Je lui répétais mon nom, en l'épelant laborieusement, puis j'inventai un numéro de téléphone avec l'indicatif de Los Angeles.

— Voulez-vous que je vous envoie ses affaires par la poste ? suggérai-je.

— Qu'a-t-elle laissé, exactement ?

— Quelques vêtements, dont une robe d'été qu'elle aime beaucoup. C'est surtout la bague qui m'ennuie. Vous savez, celle avec une émeraude taillée en biseaux avec tout autour des petites baguettes de diamants, déclarai-je, en m'inspirant de la bague qu'elle portait le premier jour dans le jardin de Henry. Vous pensez qu'elle va rentrer bientôt ?

Après une hésitation, la réponse glaciale de la femme me parvint.

— Qui êtes-vous ?

Je raccrochai. Inutile de chercher à berner plus longtemps les parents de Las Cruces. J'ignorais toujours ce que Lila tramait, mais il devenait de plus en plus urgent d'intervenir. Je n'aimais pas du tout cette histoire de placements immobiliers. Henry était suffisamment naïf pour faire un pigeon idéal.

Je sursautai en entendant le téléphone sonner. Merde, aurait-on déjà localisé mon appel ? Non, sûrement pas.

— Allô ? murmurai-je prudemment.

— Miss Millhone ?

Un homme. La voix ne m'était pas étrangère, mais je ne savais plus où je l'avais entendue. De la musique hurlait sur la ligne, si bien qu'on était forcé de crier.

— Elle-même, hurlai-je.

— C'est Gus. Le copain de Bobby qui travaille à la patinoire.

— Oh ! C'est vous. Je suis contente que vous m'appeliez. J'espère que vous avez des informations intéressantes pour moi. J'en ai bien besoin.

— J'ai beaucoup pensé à Bobby depuis notre rencontre. Je me suis dit que je lui devais bien ça. J'aurais dû vous parler cet après-midi.

— Ce n'est pas grave. L'essentiel c'est que vous m'ayez appelée.

— Il y a un truc, je ne sais pas s'il vous sera utile ou non : Bobby m'avait confié son carnet d'adresses. Il vous en avait peut-être parlé ?

— Et comment ! J'ai remué la moitié de la ville pour essayer de mettre la main dessus. Où habitez-vous ?

Il me donna une adresse dans Granizo. Je répondis que j'arrivais tout de suite, raccrochai et raflai mes clés de voiture.

Le quartier où vivait Gus était mal éclairé, agrémenté de carrés d'herbe miteux qu'égayait par-ci par-là un palmier déplumé. Le long du trottoir s'alignaient de vieilles carcasses à la peinture mangée par la rouille, aux pneus lisses comme le crâne d'un chauve et à la carrosserie misérablement bosselée. Une fois garée, ma VW se fondit dans le décor.

Gus habitait un minuscule cottage au fond d'une cour. Tout autour les maisons arboraient la même façade couleur crème tournée qui semblait suinter l'ennui, mais je repérai sans peine celle de Gus. La musique qui se déversait à l'extérieur était la même que celle que j'avais entendue au téléphone. Je dus attendre un bref silence entre deux morceaux pour frapper. La musique se déchaîna de plus belle, mais apparemment mon grattement avait été perçu.

— J'arrive ! cria-t-il.

Il m'ouvrit la porte et souleva la moustiquaire pour me permettre d'entrer. Je restai figée au milieu de la pièce, agressée par des torrents de musique rock et par les effluves d'une caisse à chat.

— Vous ne pouvez pas baisser ce truc ?

Il hocha la tête, se dirigea vers sa chaîne stéréo et arrêta le disque.

— Désolé, murmura-t-il d'un air gêné. Asseyez-vous.

La pièce dans laquelle il vivait était deux fois plus petite que la mienne et deux fois plus meublée. Le lit à lui tout seul occupait presque la moitié de la superficie totale. Le coin salle de bains était séparé du reste par un drap tendu entre les deux murs. Les deux fauteuils étaient couverts de chats, ce dont il parut se rendre compte en même temps que moi.

Il les évacua en les soulevant par une patte, comme s'il s'agissait de vieux vêtements. Je m'installai dans l'espace qu'il avait libéré. A peine atterris sur le lit, les chats revinrent calmement à leur place habituelle. L'un me pétrit les genoux comme s'il s'agissait d'une pâte à pain, puis, satisfait de son ouvrage, s'y roula en boule. Un autre rampa jusqu'à moi et se coucha à mes côtés. Un troisième sauta sur le bras du fauteuil. Deux autres dormaient sur le fauteuil resté libre, l'un beige clair, l'autre noir, aussi emmêlés que des chaussettes dépareillées. Gus contempla toute cette activité féline, le visage rayonnant de fierté.

— Ils sont beaux, n'est-ce pas ? La nuit, ils s'empilent sur le lit avec moi comme une couverture. Il y en a même un qui dort sur mon traversin, les pattes dans mes cheveux.

Il prit l'un des chats dans ses bras et lui fit des mamours passionnés que l'animal subit avec une patience remarquable.

— Vous en avez combien ?

— Pour le moment, six. Mais Luci Baines et Lynda Bird sont enceintes toutes les deux. Je ne sais pas très bien ce que je vais en faire.

— Vous pourriez les donner ? suggérai-je.

— Oui... Peut-être après la naissance de cette portée-là... On verra. Ils sont tellement mignons.

Je faillis lui faire remarquer que leur odeur l'était moins, mais je m'abstins de peur de le vexer dans sa fierté paternelle.

— J'aurais dû vous parler plus tôt de ce truc, s'excusa-t-il en se dirigeant vers des étagères encombrées d'un bric-à-brac invraisemblable. Je suis complètement idiot.

Il remua un peu le fouillis et en retira un carnet d'adresses en cuir rouge de la taille d'une carte à jouer. Je le pris et le feuilletai rapidement.

— Quel intérêt présente-t-il ? Bobby vous a dit quelque chose à ce sujet ? demandai-je.

— Non. Il m'a juste demandé de le conserver. C'était très important, mais il n'a pas précisé pourquoi.

— Quand vous l'a-t-il confié ?

— Je ne sais plus. Un peu avant l'accident. Il est passé chez moi un jour, il me l'a donné en me demandant si ça ne me dérangerait pas de le lui garder. J'ai répondu que non, évidemment. Par la suite, cette histoire m'est complètement sortie de la tête.

Je cherchai la lettre B. Aucun Blackman n'était inscrit. En revanche, le nom était griffonné à la fin du carnet, sur la page cartonnée, suivi d'un numéro de téléphone à sept chiffres. Aucun indicatif ne le précédait. Il devait donc s'agir des environs. Pour autant que je m'en souvienne, il ne correspondait pas au numéro que j'avais trouvé dans le bottin.

— Que vous a-t-il dit exactement en vous le remettant ? insistai-je.

— Absolument rien. Il voulait que je le garde, c'est tout. Il ne vous a rien expliqué à vous ?

Je secouai la tête.

— Il n'arrivait pas à se souvenir. Il savait que c'était important, mais il ne se rappelait plus pourquoi. Est-ce que le nom de Blackman vous dit quelque chose ? S. Blackman ? N'importe qui Blackman ?

— Non.

Le chat se mit à gigoter et il le reposa par terre.

— A ce que j'ai cru comprendre, Bobby était amoureux de quelqu'un à l'époque. Pensez-vous qu'il pourrait s'agir d'une femme qui s'appellerait Blackman ?

— Aucune idée. Il ne m'en a jamais rien dit, en tout cas. De temps en temps, il rencontrait une fille près de la plage. Juste devant le parking de la patinoire.

— Avant l'accident ?

— Oui. Il venait l'attendre dans sa Porsche, elle l'y rejoignait et ils parlaient.

— Il ne vous l'a jamais présentée ?

— Non, mais je l'ai vue un jour qu'ils buvaient un pot à la cafétéria. Ça m'a même étonné parce qu'elle était beaucoup plus âgée que lui, plutôt moche, et habillée comme un manche à balai.

— Des cheveux blond filasse ? Quarante-cinq ans environ ?

— Question d'âge, je ne peux pas vous répondre. Je ne l'ai pas vue d'assez près. Mais pour les cheveux, oui, ça colle assez bien. Je l'aperçois de temps en temps au volant d'une Mercedes vert sombre.

J'ouvris le carnet à la lettre D. Le nom et l'adresse de Sufi y étaient inscrits.

Etait-il possible que Bobby ait eu une liaison avec elle ? Ça paraissait incroyable. Il avait vingt-trois ans à l'époque. Il était trop beau garçon pour s'enticher d'une femme pareille. A moins que Sufi soit la victime du chantage dont m'avait parlé Carrie St. Cloud ? Mais pourquoi aurait-elle cherché de l'aide auprès de Bobby ? A voir. J'enfouis le carnet dans mon sac et levai les yeux. Gus me regardait avec amusement.

— Dommage que vous ne puissiez pas voir votre tête.

J'ai l'impression d'entendre grincer les rouages de votre cerveau.

— Ça commence à se mettre en place et j'adore ça. Vous venez de me donner un sérieux coup de main. Je ne sais pas encore ce que ça signifie, mais je le trouverai.

— Je l'espère. N'hésitez pas à faire appel à moi.

— Merci.

Repoussant le chat qui s'était endormi sur mes genoux, je me levai et j'échangeai une poignée de main avec lui.

Il était 10 heures du soir quand je regagnai ma voiture, mais je ne me sentais pas fatiguée du tout. Mon exploit chez Moza et la découverte inattendue du carnet rouge m'avaient stimulée. Maintenant, je mourais d'envie de parler avec Sufi. Pourquoi ne pas passer chez elle ? Elle ne serait peut-être pas encore couchée. Sufi avait essayé de me détourner de mon enquête et j'étais curieuse de savoir comment elle réagirait.

CHAPITRE XIX

Sufi habitait à Haughland Road, dans le centre de Santa Teresa. Je me garai le long du trottoir et distinguai vaguement un jardin ombragé par les branches touffues des arbres, derrière une haute grille surmontée de flèches pointues. La façade était peinte en brun — ou en vert. Difficile à dire à cette heure de la nuit. Le porche se situait dans un renfoncement, aucune lumière ne filtrait de l'intérieur. Une Mercedes vert sombre était garée dans l'allée.

Les alentours étaient paisibles. Je descendis de voiture et me dirigeai vers l'entrée. De près, la maison était franchement antipathique. Tout à fait le genre d'hôtel particulier où pour quatre-vingt-dix dollars vous obtenez le droit de passer une nuit dans un lit aux montants en faux cuivre, avec en prime, le lendemain matin, un croissant rassis qui s'émiette sur les draps comme une nuée de pellicules.

Je contournai la maison jusqu'à une véranda fermée. Les vitres reflétaient la lueur bleutée d'un téléviseur. Je trouvai tant bien que mal les marches en béton ébréché et frappai à la porte. Au bout de quelques secondes, la lumière s'alluma dans la véranda et Sufi écarta légère-

ment les rideaux.
— Ce n'est que moi, annonçai-je. Je peux vous parler ?
Elle colla son nez à la vitre, sans doute pour vérifier que je n'étais pas accompagnée d'une équipe d'étrangleurs, puis ouvrit la porte. Sa main referma les plis de sa robe de chambre.
— Vous m'avez fait une peur bleue. Qu'est-ce qui vous amène à une heure pareille ? Il est arrivé quelque chose ?
— Mais non. Je suis désolée de vous avoir effrayée. Je passais dans le quartier et, comme je souhaitais vous parler... Je peux entrer ?
— J'allais me coucher.
— On peut bavarder sur le porche, si vous préférez.
Elle me lança un regard noir, puis recula avec mauvaise grâce. Elle était beaucoup plus petite que moi. Ses cheveux étaient si fins et clairsemés par endroits qu'on voyait son crâne. Je n'aurais jamais cru qu'elle était du genre à porter un déshabillé sexy en satin pêche avec des mules ornées d'un pompon jaune. Ça lui allait comme un kilt à une guenon.

Une fois à l'intérieur, je jetai un coup d'œil rapide. La piège nageait dans le désordre et la crasse. Des piles d'assiettes sales traînaient dans tous les coins, des fleurs fanées pendaient dans un vase rempli d'eau croupie et la poubelle regorgeait de détritus. Un exemplaire de *Sélection du Reader's Digest* était posé à l'envers sur le canapé. Une portion de pizza aux poivrons traînait sur la télé. Ça me rappela que je n'avais rien mangé depuis pas mal de temps.
— Vous vivez seule ?
Elle me regarda comme si je l'avais insultée.

— Et alors ?

— Rien. Je me rends compte simplement que je ne sais pas grand-chose à votre sujet.

— Passionnant. C'est tout ce que vous aviez à me dire ?

J'adore qu'on soit grossier avec moi. Rien de tel pour me mettre à l'aise.

— J'ai trouvé le carnet d'adresses de Bobby, susurrai-je aimablement.

— Qu'est-ce que vous voulez que ça me fasse ?

— Je suis intriguée par la nature de vos rapports avec lui.

— Je n'avais pas spécialement de rapports avec lui.

— Ce n'est pas ce qu'on m'a dit.

— Eh bien, on vous a mal renseignée. Je le connaissais, évidemment. Il était le fils unique de Glen et c'est ma meilleure amie. Mais, en dehors de ça, Bobby et moi n'avions pas grand-chose en commun.

— Alors pourquoi le rencontriez-vous à la plage ?

— Je n'ai jamais rencontré Bobby à la plage ! s'écria-t-elle.

— Pourtant, quelqu'un vous a vus ensemble à plusieurs reprises...

Elle hésita.

— Je l'ai peut-être croisé une ou deux fois. Je ne vois pas ce que ça a d'étrange. Je le voyais aussi à l'hôpital.

Changement de ton. Elle commençait à comprendre qu'elle n'arriverait à rien en me traitant de haut.

— Je me suis énervée, excusez-moi. Voulez-vous un verre de vin ? J'ai une bouteille au frais.

— Volontiers. Merci.

Elle quitta la pièce, visiblement soulagée de disposer d'un répit pour trouver un moyen de se tirer de ce mauvais pas. De mon côté, je n'étais pas mécontente d'avoir l'occasion de fouiner un peu. Je me dirigeai vite fait vers le fauteuil et entrepris de fouiller sur la table, à côté, qui disparaissait sous une tonne d'objets épars auxquels je me refusai à toucher. J'ouvris doucement le tiroir. Le capharnaüm ! Des piles, des bougies, une corde à linge, des factures, du ruban adhésif, des boîtes d'allumettes, deux boutons, un petit nécessaire à couture, des stylos, du courrier en vrac, une fourchette, une agrafeuse murale, le tout recouvert d'une solide couche de crasse. Je glissai une main le long du coussin du fauteuil, et y pêchai un nickel que je remis à sa place. A ce point de mes investigations, je perçus le « pop » du tire-bouchon, et me perchai rapidement sur l'accoudoir du canapé.

Je cherchai désespérément quelque chose d'aimable à lui dire.

— Quelle maison..., lâchai-je enfin sans me compromettre.

Sufi eut une petite moue.

— La femme de ménage vient demain. Ce n'est pas qu'elle se tue à la tâche, remarquez. Mais elle a travaillé pour mes parents pendant des années et je n'ai pas le courage de la congédier.

— Vos parents vivent avec vous ?

Elle secoua la tête.

— Ils sont morts.

Elle remplit les verres, m'en tendis un puis s'installa dans le fauteuil.

— Vous avez vu Derek, récemment ? me demanda-t-elle.

— Il est passé à mon bureau cet après-midi.

— Il s'est fait jeter dehors. A son retour de San

Francisco, en début de soirée, Glen a ordonné que ses affaires soient déposées dans l'allée. Elle a même fait changer les serrures.

— Bigre... je me demande ce qui a pu se passer.

— A votre place, j'aurais une petite conversation avec Derek. Il est beaucoup plus intéressant que moi.

— En quoi ?

— Parce qu'il avait un mobile pour tuer Bobby, contrairement à moi.

— De quel mobile parlez-vous ?

— Glen a découvert qu'il avait souscrit une grosse assurance vie au nom de Bobby, il y a dix-huit mois.

— Quoi ?

Mon verre vacilla et un peu de vin se répandit sur mes doigts. Ma stupéfaction amena un sourire goguenard sur les lèvres de Sufi.

— La compagnie d'assurances a écrit à Glen pour qu'elle leur envoie un certificat de décès. Je suppose que l'employé avait entendu parler de Bobby et de l'accident par les journaux. C'est comme ça qu'elle a découvert le pot aux roses.

— Je croyais qu'on ne pouvait pas souscrire une assurance vie sans la signature de l'intéressé.

— En théorie, oui. Dans la pratique, c'est très différent.

Tout en épongeant le vin renversé avec un mouchoir, je réfléchissais que Sufi devait éprouver une profonde aversion pour Derek.

— Quel est le topo ? lui demandai-je.

— Derek clame son innocence, évidemment. Il jure ses grands dieux qu'il a souscrit cette assurance à l'époque où Bobby avait accident sur accident avec sa voiture. Il était sûr qu'il finirait par se tuer. Je ne suis pas loin de partager son avis, d'ailleurs. Bobby buvait comme un trou et je suis sûre qu'il se droguait. On peut dire qu'il faisait la paire avec Kitty. Deux sales gosses de riches, pourris, prétentieux...

— Doucement, Sufi. J'aimais beaucoup Bobby Callahan. Il avait vraiment des tripes.

— Oui, tout le monde le sait, répondit-elle de ce ton hautain qui me rendait folle. Le reste ne vous plaît peut-être pas, mais c'est la stricte vérité. Et ce n'est pas tout. On dit que Derek aurait pris également une assurance vie sur Kitty.

— Ça se monterait à combien ?

— A un demi-million de dollars par contrat.

— Voyons, Derek n'assassinerait pas sa propre fille.

— Kitty n'est pas morte, que je sache ?

— Mais pourquoi aurait-il tué Bobby ? Il faudrait qu'il soit complètement idiot. Il doit bien se douter que les flics vont commencer leur enquête par lui !

— Mais il *est* idiot ! soupira-t-elle avec impatience. Vous partez du principe qu'il est intelligent, alors que c'est un imbécile. Un crétin absolu.

— Il ne doit pas être si bête s'il a trouvé un moyen de se blanchir.

— Un moyen ! Personne n'a la moindre preuve contre lui ! Les circonstances du premier accident n'ont jamais été tirées au clair. Quant au deuxième, Jim Fraker semble l'imputer à une lésion cérébrale. Comment pourrait-on rendre Derek responsable de ça ?

— Mais pourquoi aurait-il commis ce meurtre ? Il est riche à millions !

— Pardon : c'est Glen qui est riche. Derek ne possède pas un sou. Et il ferait n'importe quoi pour ne plus être sous la coupe de sa femme. Vous ne le saviez pas ?

Je restai muette, essayant de digérer l'information. Elle but une autre gorgée de vin et me sourit, manifestement ravie de l'effet qu'elle avait produit.

— Vous n'aimez pas Derek, n'est-ce pas ?

— Evidemment non. C'est le pire imbécile qu'il m'ait été donné de rencontrer. Il n'a rien pour lui. Il est pauvre, stupide et grotesque. Et encore, ce sont ses bons côtés, ajouta-t-elle d'une voix ferme. Parce qu'en plus, c'est une brute épaisse.

— Il ne m'a pas fait l'effet d'une brute.

— Vous ne le connaissez pas depuis aussi longtemps que moi. Il aurait un passé pas très reluisant que ça ne m'étonnerait pas. Je suis prête à parier que son attitude de bouffon est une façade.

— A vous entendre, Glen serait une gourde. Elle a pourtant l'air d'une femme avisée.

— Elle l'est, sauf en ce qui concerne les hommes. C'est son troisième mariage raté, vous savez.

— Revenons-en à vous. Le jour de l'enterrement de Bobby, vous avez essayé de me détourner de mon enquête. Aujourd'hui vous m'indiquez une piste. Pourquoi ce revirement ?

Elle joua avec le nœud de sa ceinture, puis relava les yeux vers moi.

— Je craignais que vous ne raviviez la douleur de Glen. Mais, comme de toute évidence vous êtes décidée à continuer coûte que coûte, je préfère vous communiquer ce que je sais.

— Pourquoi rencontriez-vous Bobby près de la plage ? Que se passait-il donc ?

— Rien du tout. Il avait envie de taper sur Derek, il savait que je ne pouvais pas le supporter non plus, j'étais le public idéal. C'est aussi bête que ça.

— Pourquoi ne me l'avez-vous pas dit tout de suite ?

— Parce que je n'ai pas à vous rendre compte de mes faits et gestes. Vous entrez chez moi comme en terrain conquis, vous me posez des questions déplacées... Je ne vois vraiment pas pourquoi je devrais vous répondre. Je me demande si vous êtes consciente de votre sans-gêne ?

Je me sentis rougir sous cette flèche empoisonnée. Son explication au sujet de ses rendez-vous avec Bobby ne m'avait pas convaincue du tout, mais il était clair que je n'en tirerais rien de plus aujourd'hui.

Je finis donc mon verre et jetai un coup d'œil à ma montre. 11 heures passées. Je murmurai une brève excuse et m'éclipsai. J'étais bien certaine que mon brusque départ ne l'empêcherait pas de dormir.

Il y a des jours où les événements se précipitent sans qu'on le fasse exprès. On peut appeler ça une coïncidence ou plus simplement de la chance. Toujours est-il qu'en regagnant ma VW, je me sentis frigorifiée et me penchai vers la banquette arrière pour essayer de mettre la main sur un sweat-shirt. Je venais d'apercevoir un bout de manche coincé sous une pile de bouquins, quand j'entendis une voiture démarrer. La Mercedes de Sufi franchissait les grilles de la propriété. Je m'aplatis illico sur mon siège. J'ignorais si Sufi connaissait ma voiture, mais elle devait me croire partie car elle fila sans la moindre hésitation. Je me redressai d'un bond, mis le contact et me lançai à ses trousses.

Elle n'avait pas eu le temps de se changer. Au mieux, elle devait avoir enfilé un manteau sur son déshabillé de satin. Qui diable connaissait-elle assez bien pour oser une visite aussi tardive dans une tenue digne de Jean Harlow ? J'étais dévorée de curiosité.

CHAPITRE XX

A Santa Teresa, les riches sont répartis en deux clans : l'un siège à Montebello, l'autre à Horton Ravine. Montebello regroupe les vieilles fortunes, Horton Ravine les nouvelles. Les deux communautés ont en commun des hectares plantés de vieux arbres, des allées cavalières, des clubs privés dont la cotisation se monte à vingt-cinq mille dollars. Elles n'apprécient pas les églises fondamentalistes, les pelouses mal entretenues et le porte à porte. C'était vers Horton Ravine que se dirigeait Sufi.

Depuis un moment déjà elle avait ralenti l'allure. Sans doute ne souhaitait-elle pas se faire pincer pour excès de vitesse dans une tenue de call-girl. Je commençais à trouver la promenade longuette quand elle tourna brusquement dans une allée pour s'arrêter devant un de ces bungalows typiques de la Californie : cinq chambres au bas mot, quelques quatre cents mètres carrés d'espace vital, rien de vraiment remarquable en soi, mais de quoi vivre assez agréablement tout de même. La propriété était encerclée par une grille en fer forgé où grimpaient des rosiers. La lumière extérieure s'était allumée quand la Mercedes de Sufi avait atteint la maison. Elle quitta sa voiture dans un tourbillon de satin pêche et de vison, puis s'avança vers la porte d'entrée qui s'ouvrit et l'avala.

Je dépassai la propriété, m'engageai dans la première allée sur la droite et rebroussai chemin, tous feux éteints. La rue était dans le noir total. Pas le moindre réverbère à l'horizon. De mon poste d'observation j'apercevais l'extrémité du terrain de golf et le minuscule lac artificiel qui servait d'obstacle. La lune se reflétait à la surface de l'eau scintillante comme une pièce de soie argentée.

Je pris ma lampe-torche dans la boîte à gants et sortis sans bruit de ma voiture. L'herbe humide qui bordait la route eut vite fait d'imbiber mes tennis et le bas de mon jean. Je m'avançai dans l'allée. Pas de nom sur la boîte aux lettres, mais je notai l'adresse. En cas de besoin, je pourrais toujours consulter mon guide des rues. J'étais au milieu de l'allée quand un chien se mit à aboyer furieusement. Je ne pouvais pas le voir, mais à en croire le raffut qu'il faisait il était de belle taille. Impossible d'avancer davantage sans alerter les occupants de la maison. Ils devaient déjà se demander ce qui mettait leur clébard dans cet état...

Je revins sur mes pas et réintégrai ma voiture. J'y restai une bonne heure à surveiller la maison sans qu'il se passe quoi que ce soit. De guerre lasse, je remis mon moteur en route et rentrai chez moi. Après avoir rédigé quelques notes, je me glissai dans mon lit. Il était près de 1 heure quand j'éteignis enfin la lumière.

Je me levai à 6 heures et me forçai à courir pendant trois kilomètres pour m'éclaircir les idées. Ensuite, je procédai à mes ablutions matinales, grignotai une pomme et me pointai au bureau à 8 heures. Par chance, nous étions mardi, donc pas de séance de rééducation.

Comme il n'y avait ni message sur mon répondeur ni courrier urgent, je me penchai sans plus attendre sur mon guide des rues et cherchai le numéro correspondant à celui que j'avais noté la veille. Tiens, tiens... j'aurais dû m'en douter. Fraker, James et Nola. Qui Sufi était-elle partie voir aussi précipitamment ? James ou Nola ? Evidemment, il était possible qu'elle les ait rejoints tous les deux, mais je n'y croyais pas trop. Nola pouvait-elle être la femme dont Bobby était tombé amoureux ?

Je pris le carnet d'adresses rouge et composai le numéro noté sous le nom de Blackman. J'obtins un disque sur lequel une femme à la voix éraillée comme un vieux phono me déclara qu'elle était au regret de ne pouvoir donner suite à mon appel et que je devais consulter la table des indicatifs, merci. Je fis deux ou trois autres tentatives en recourant aux indicatifs des régions voisines, sans résultat, puis raccrochai et consultai ma montre.

Il était trop tôt pour tenter des démarches, mais je me dis que ce ne serait pas une mauvaise idée d'aller rendre une petite visite à Kitty. Elle était toujours à *St. Terry* et, selon la bonne habitude des hôpitaux, on avait dû la tirer de son lit à l'aube. Je ne l'avais pas vue depuis des jours. Elle pourrait m'être utile.

Le temps s'était radouci et un bon soleil brillait sur Santa Teresa. Je me garai dans le parking réservé aux visiteurs et montai directement au troisième étage. La double porte vitrée était fermée, comme d'habitude. Je pressai donc la sonnette. Une clé tourna dans la serrure et une jeune femme vêtue d'un jean et d'un T-shirt bleu roi entrouvrit le battant. Elle avait un visage rayonnant de compétence, des yeux d'un bleu presque aveuglant, et portait aux pieds une de ces paires de chaussures qui en cinq secs vous raffermissent la voûte plantaire tout en vous évitant les varices. Un badge en plastique indiquait qu'elle s'appelait Natalie Jacks. Je lui demandai la permission de parler à Kitty Wenner. Après avoir examiné ma carte avec soin, elle condescendit à me laisser passer.

Kitty était assise sur son lit, une pile de coussins dans le dos et un plateau de petit déjeuner posé à côté d'elle, sur une table mobile. Elle portait un caftan en soie qui pendait sur ses épaules comme sur un portemanteau. Ses yeux affolés paraissaient énormes dans son visage émacié.

— Vous avez une visite, annonça Natalie.

Les yeux de Kitty se tournèrent vers moi. Pendant quelques secondes je vis à quel point elle était terrorisée. Elle allait mourir. Elle ne pouvait plus l'ignorer, maintenant. Son énergie s'évaporait par ses pores comme la sueur.

Natalie inspecta le contenu du plateau.

— On va être obligé de vous mettre sous perfusion si vous ne mangez pas plus. Je croyais que vous aviez fait un pacte avec le Dr Kleinert ?

— J'ai mangé un peu, murmura Kitty.

— Eh bien, essayez de continuer tout en bavardant avec votre amie. Je repasserai tout à l'heure pour vérifier.

Natalie nous adressa un sourire, puis se dirigea vers la chambre voisine où on l'entendit parler.

Le visage de Kitty était marbré de plaques rouges et elle luttait pour retenir ses larmes. Elle alluma une cigarette et se mit à tousser dans le creux de sa main décharnée.

— Je ne sais pas comment j'ai pu me mettre dans un tel pétrin, déclara-t-elle avec un sourire triste. Vous croyez que Glen va venir me voir ?

— Je l'ignore. Voulez-vous que je lui en parle quand je la verrai ?

— Elle a flanqué papa dehors.

— Je suis au courant.

— Je dois être la prochaine sur la liste.

Je détournai les yeux. Son besoin de Glen était tellement poignant que j'en souffrais pour elle. J'examinai le contenu du plateau : une coupe de fruits frais, un gâteau aux myrtilles, un yoghourt à la framboise, du jus d'orange et du thé. Rien n'indiquait qu'elle y ait touché.

— Vous en voulez ? me proposa-t-elle.

— Pas question. Vous diriez au Dr Kleinert que c'est vous qui l'avez mangé.

Kitty eut la grâce de rougir et rit d'un air gêné.

— Je ne comprends pas pourquoi vous ne vous alimentez pas.

Elle fit la grimace.

— C'est dégueulasse. Il y a une fille, dans une des chambres voisines, qui souffrait d'anorexie. On l'a amenée ici et elle a fini par manger. Maintenant, on dirait qu'elle est enceinte. Elle est toujours aussi maigre, mais elle a un ballon de football à la place de l'estomac. C'est dégoûtant.

— Et alors ? Elle est en vie, non ?

— Je n'ai pas envie de devenir comme elle. D'ailleurs tout est mauvais. Ça me donne envie de vomir.

Je n'insistai pas et changeai de sujet.

— Vous avez vu votre père depuis que Glen l'a mis dehors ?

Kitty haussa les épaules.

— Il vient tous les après-midi. Il est descendu à l'*Edgewater Hotel* en attendant de trouver un appartement.

— Est-ce qu'il vous a parlé des dernières volontés de Bobby ?

— Vaguement. Il m'a dit que Bobby m'avait légué sa fortune. Est-ce que c'est vrai ? me demanda-t-elle d'un air lugubre.

— Pour autant que je sache, oui.

— Pourquoi aurait-il fait ça ?

— Peut-être avait-il le sentiment d'avoir gâché votre vie. Il voulait réparer ses torts, en quelque sorte. Derek m'a dit qu'il avait également légué un peu d'argent aux parents de Rick.

— J'ai horreur d'être manipulée !

— Je crois que tout le monde l'a compris. Vous l'avez clamé suffisamment fort. Bobby vous aimait.

— Mais je ne lui ai rien demandé, moi ! Je ne voulais pas de son argent !

— Qu'est-ce qui vous tracasse ?

— Rien.

— Alors, pourquoi vous énervez-vous comme ça ?

— Je ne m'énerve pas ! Pourquoi voudriez-vous que je m'énerve ? S'il m'a légué son fric c'est qu'il en avait envie, non ? Ça n'a rien à voir avec moi.

— Oh que si ! Sinon, il l'aurait légué à quelqu'un d'autre.

Elle se mit à ronger l'ongle de son pouce, abandonnant sa cigarette qui continua à fumer sur le rebord du cendrier. Son visage s'était fermé. Je ne voyais pas très bien pourquoi elle était aussi bouleversée à la pensée que deux millions de dollars allaient lui tomber tout cuits dans la poche, mais je voulais surtout éviter de la braquer contre moi.

— Votre père vous a également parlé de l'assurance qu'il a contractée sur la vie de Bobby ?

— Ouais. C'est dingue. Il fait des trucs impensables, et après il ne comprend pas pourquoi ça se retourne contre lui. Il ne voit même pas ce que ça a de choquant. Bobby avait bousillé sa voiture une ou deux fois, alors papa s'est dit que ce ne serait pas plus mal si quelqu'un en tirait profit en cas d'accident mortel. Je suppose que c'est pour ça que Glen l'a jeté dehors.

— Il y a des chances... Elle ne lui pardonnera jamais d'avoir spéculé sur la mort de Bobby. Il ne pouvait pas agir de façon plus maladroite. En plus, il s'est placé en première ligne sur la liste des suspects.

— Mon père n'est pas un assassin !

— C'est exactement ce qu'il dit à votre sujet.

— Parce que c'est la stricte vérité. Je n'avais aucune raison de tuer Bobby. Je n'étais pas au courant pour l'argent, et de toute façon je n'en veux pas.

— L'argent n'est pas forcément le mobile.

— Vous ne soupçonnez pas papa, n'est-ce pas ?

— Je n'ai pas encore d'opinion sur la question. Pour l'instant, j'essaie de comprendre ce que Bobby avait dans la tête. Je sais qu'il tentait d'empêcher quelque chose, mais le problème c'est que j'ignore quoi... Quels étaient ses rapports avec Sufi ? Vous avez une idée ?

Kitty récupéra sa cigarette en évitant mon regard. Elle tapota la cendre sur le rebord du cendrier, puis tira une longue bouffée avant d'écraser le mégot.

Consciente du conflit qui se livrait en elle, je gardai un silence prudent.

— Elle lui servait de contact, avoua-t-elle enfin à voix basse. Bobby faisait des recherches pour quelqu'un d'autre.

— Qui ?

— Je ne sais pas.

— Ce ne serait pas pour les Fraker, par hasard ? J'ai parlé à Sufi la nuit dernière. Je n'avais pas plus tôt tourné le dos qu'elle s'est précipitée chez eux. Elle y est restée tellement longtemps que j'ai fini par rentrer chez moi.

Kitty me regarda bien en face.

— J'ignore tout de cette histoire.

— Mais de quoi s'agit-il ? Et comment s'est-il trouvé mêlé à cela ?

— Je sais seulement qu'il cherchait quelque chose, qu'il s'était arrangé pour travailler à la morgue de façon à pouvoir enquêter la nuit.

— Cela avait un rapport avec les dossiers médicaux ? Il y avait quelque chose de caché là-bas ?

Son visage se buta et elle haussa les épaules sans répondre.

— Enfin, Kitty, vous saviez que quelqu'un essayait de le tuer, vous n'avez pas fait le rapprochement ?

Elle se rongeait furieusement l'ongle du pouce. Soudain, je vis ses yeux fixer un point situé derrière mon épaule et me retournai d'un bloc. Le Dr Kleinert était immobile à l'entrée de la chambre, le regard braqué sur elle. Quand il comprit que je l'avais vu, il m'adressa un sourire qui me parut forcé.

— J'ignorais que Kitty avait de la visite. Qu'est-ce qui vous amène de si bonne heure ?

— J'allais voir Glen et j'ai eu envie de m'arrêter pour dire bonjour à Kitty. J'ai essayé de la convaincre de manger un peu.

— Inutile, cette jeune fille a fait un pacte avec moi, répondit-il calmement.

Il consulta sa montre avec une brusquerie toute professionnelle.

— Vous voudrez bien nous excuser, mais j'ai d'autres patients à voir.

— Bien sûr. J'allais partir.

Je me levai et souris à Kitty.

— Je vous passerai peut-être un coup de fil un peu plus tard. Je vous avertirai si Glen compte vous rendre visite.

— Merci.

J'agitai la main et quittai la chambre tout en me demandant à quel moment le Dr Kleinert était entré. Qu'avait-il entendu exactement ? J'essayai de me rappeler ce que m'avait dit Carrie St. Cloud. D'après elle, Bobby s'était trouvé mêlé à une affaire de chantage, mais d'un genre particulier. « Quelqu'un savait quelque chose de compromettant à propos de l'un de ses proches. Il avait résolu de l'aider. » Mais pourquoi lui ? Et pourquoi ne s'était-il pas adressé à la police ?

Je regagnai ma voiture et filai aussitôt chez Glen.

CHAPITRE XXI

Il était 10 heures passées quand je me garai dans l'allée de Glen. La fontaine émettait son jet de quatre mètres cinquante de haut qui retombait dans un bouillonnement irisé de reflets vert pâle et blancs. Une tondeuse à gazon ronronnait dans le lointain et des piverts secouaient les fougères géantes, mouchetées par le soleil, qui bordaient les allées gravillonnées. L'air brûlant embaumait le jasmin.

A mon coup de sonnette, l'une des domestiques vint m'ouvrir. Comme je lui demandais à voir Glen, elle murmura quelque chose en espagnol et leva les yeux vers l'étage. J'en déduisis que Glen était en haut.

La porte de la chambre de Bobby était ouverte. Glen était assise dans l'un des fauteuils, les mains croisées sur ses genoux, le visage inexpressif. En m'apercevant, elle esquissa un sourire à peine perceptible. De profonds cernes soulignaient ses yeux, et son maquillage accentuait la pâleur de ses joues.

— Hello ! Kinsey. Venez vous asseoir.

Je pris place en face d'elle, dans l'autre fauteuil.

— Comment allez-vous ?

— Pas très bien, j'en ai peur. Je passe presque toutes

mes journées ici. Je reste assise pendant des heures, à attendre Bobby.

Son regard flotta vers moi.

— Pas au sens propre, évidemment. Je suis beaucoup trop rationnelle pour croire à la réapparition d'un mort. Mais je ne peux pas m'empêcher de penser que ça ne peut pas être déjà terminé. Vous comprenez ?

— Difficilement.

Elle baissa les yeux vers le sol, comme pour écouter une voix intérieure.

— Je suppose que je me sens flouée, d'une certaine façon. J'ai toujours été courageuse, je ne me suis jamais dérobée devant mon devoir. J'étais une battante et maintenant je veux être payée de retour. Mais la seule récompense qui m'intéresse, c'est de retrouver Bobby. Alors j'attends.

Elle s'exprimait d'une voix monocorde, comme un robot.

— Vous voyez ça ?

Je suivis son regard. Les empreintes des pas de Bobby étaient encore visibles sur la moquette blanche.

— J'ai interdit qu'on passe l'aspirateur. Je sais que c'est stupide. Mais je ne veux pas qu'on efface son souvenir. Je ne veux pas qu'on le fasse disparaître. Je ne supporte même pas l'idée de me séparer de ses affaires.

— Rien ne vous y oblige maintenant.

— Non. Probablement. Que ferais-je de cette chambre, d'ailleurs ? Il y en a des douzaines ici, toutes vides. Ce n'est pas comme si j'avais besoin de la transformer en studio ou en buanderie.

— Vous prenez soin de vous, au moins ?

— Oh oui ! Vous savez, le chagrin c'est comme une maladie dont il faut se relever. L'ennui, c'est qu'il est plus facile de s'y complaire que de chercher à guérir. Parfois, je me surprends à penser à autre chose et je me sens coupable. J'ai l'impression de le trahir lorsque je ne souffre pas, quand j'oublie un instant qu'il n'est plus là.

Elle m'adressa un sourire d'excuse.

— Et de votre côté, du nouveau ? me demanda-t-elle.

— Je suis passée voir Kitty à *St. Terry*, ce matin.

— Ah ?

Son expression était totalement dénuée d'intérêt.

— Y a-t-il une chance que vous lui rendiez visite ?

— Absolument aucune. Primo, parce que je suis furieuse qu'elle soit en vie alors que Bobby ne l'est plus. Secundo, parce que je suis furieuse qu'il lui ait laissé tout cet argent. Kitty est un parasite nuisible, doublé d'une sale petite intrigante.

Elle pinça les lèvres.

— Désolée. Je ne voulais pas être aussi dure. Je n'ai jamais eu d'affection pour elle. Ce n'est pas parce qu'elle est dans de sales draps que ça va changer quelque chose. Elle est entièrement responsable de ce qui lui arrive. Elle s'imagine qu'il y aura toujours quelqu'un pour la tirer d'affaire. Mais ce ne sera pas moi. Et Derek en est bien incapable.

— J'ai entendu dire qu'il était parti ?

Elle croisa et décroisa nerveusement les doigts.

— Nous avons eu une scène affreuse. J'ai cru que je n'arriverais pas à le chasser. Il a fallu que je fasse appel à l'un des jardiniers... Je le méprise. Sincèrement. La seule idée qu'il ait pu partager mon lit me rend malade. Je ne sais pas ce qui est pire... qu'il ait pris cette assurance macabre sur la vie de Bobby, ou qu'il n'ait même pas compris à quel point c'était répugnant.

— Il va toucher l'argent en question ?

— Pas si je peux l'en empêcher ! J'ai prévenu la compagnie d'assurances et je me suis mise en rapport avec un cabinet d'avocats de LA. Je veux qu'il disparaisse de ma vie. Définitivement. Dieu merci, nous avions signé un contrat de séparation de biens.

— Si je comprends bien, c'est la guerre.

Elle se frotta le front d'un geste las.

— Quelle horreur, mon Dieu... J'ai appelé Varden pour savoir si je pouvais faire opposition. C'est une chance qu'il n'y ait pas eu de revolver à la maison, sinon l'un de nous deux serait mort à l'heure actuelle.

Je gardai le silence.

Au bout d'un moment, elle parut se ressaisir.

— Désolée de vous ennuyer avec ça. Je suis sûre que vous n'êtes pas venue pour m'entendre radoter. Voulez-vous une tasse de café ?

— Non, merci. Je désirais simplement prendre de vos nouvelles et vous tenir au courant des progrès de mon enquête. Si vous n'avez pas envie d'en parler maintenant, je peux très bien repasser un autre jour.

— Non, non. Au contraire. Je veux que vous démasquiez celui qui l'a tué. C'est peut-être la seule consolation qu'il me reste. Qu'avez-vous découvert jusqu'à présent ?

— Pas grand-chose. Je m'efforce de remettre les morceaux du puzzle en place, mais ce n'est pas facile...

J'hésitai un instant. Je me sentais mal à l'aise à l'idée de disséquer la vie privée de Bobby, surtout devant une femme qui ne parvenait pas à accepter sa disparition.

— Je pense que Bobby avait une liaison, déclarai-je enfin.

— Ce n'est pas une surprise. Je crois vous avoir signalé qu'il fréquentait quelqu'un.

— Je ne parle pas d'elle. Mais de Nola.

Elle me regarda fixement, comme s'il s'agissait d'une mauvaise plaisanterie.

— Ce n'est pas sérieux, articula-t-elle finalement.

— Bobby est tombé amoureux. C'est pour cette raison qu'il a rompu avec Carrie St. Cloud. Et j'ai tout lieu de penser qu'il s'agissait de Nola Fraker.

— J'espère que vous vous trompez.

— J'en doute. Trop d'éléments se recoupent.

— Mais vous le disiez amoureux de Kitty !

— En fait, non. Il l'aimait beaucoup, mais ça s'arrêtait là. D'ailleurs, s'ils avaient eu une liaison, vous auriez été la première à en être informée : Kitty se serait fait un plaisir de vous le dire.

— Mais Nola est très heureuse en ménage. Jim et elle sont venus chez nous des dizaines de fois. Il n'y a jamais le moindre nuage entre eux.

— Bien sûr, Glen. Mais cela fait partie du jeu. Quoi de plus excitant pour deux amants que feindre de s'ignorer pendant toute une soirée, en guettant le moment où ils pourront se presser furtivement la main, échanger un sourire complice... Autant d'imprudences qui vous font frissonner de plaisir et dont vous riez ensuite ensemble parce que vous avez dupé tout le monde.

— Mais pourquoi Nola ? C'est une idée grotesque !

— Je ne trouve pas. Elle est très belle. Si j'ai vu juste, leur liaison a dû débuter l'été dernier. C'est-à-dire au moment où ses rapports avec Carrie ont commencé à se dégrader.

L'expression de Glen changea, elle me regarda avec un embarras visible.

— Qu'y a-t-il ?

— Je réfléchissais. Derek et moi sommes partis deux mois en Europe, l'été dernier. A notre retour, j'ai remarqué que nous voyions les Fraker beaucoup plus souvent, mais je n'y ai pas prêté attention. Vous savez comment c'est. On reste parfois des mois sans voir quelqu'un et puis brusquement on devient presque inséparables... Je n'arrive pas à croire qu'elle ait pu nous faire un coup pareil, à Jim et à moi. Je me fais l'effet d'une épouse jalouse. Je me sens frustrée.

— Voyons, Glen, c'est peut-être ce qui lui est arrivé de mieux dans sa vie. Peut-être que cette liaison lui a permis de mûrir ? De toute façon, quelle différence cela fait-il, maintenant ?

Je me sentais assez ridicule, mais je ne voulais surtout pas qu'elle s'obstine à refuser d'admettre qui était réellement Bobby et ce qu'il faisait.

Elle me lança un regard froid.

— J'ai saisi le message. Mais je ne vois vraiment pas pourquoi vous êtes venue me dire ça.

— Parce qu'il n'est pas dans mes intentions de vous cacher la vérité.

— Vous préférez colporter des ragots ?

— Ce n'est pas pour le plaisir que je vous ai mise au courant, croyez-moi. Il y a de fortes présomptions que cela soit directement lié à la mort de Bobby.

— Comment ?

— Je veux d'abord votre promesse que ce que je vais vous dire ne sortira pas d'ici.

— Quel rapport avec la mort de Bobby ?

— Glen, vous ne m'écoutez pas ! Si vous répétez mes paroles à qui que ce soit, vous risquez de mettre ma vie en danger et la vôtre par la même occasion.

Ses yeux cherchèrent les miens. A l'éclair qui les traversa, je vis qu'elle avait compris.

— Je suis désolée. Naturellement, je n'en dirai mot à personne.

Je lui parlai de l'ultime message de Bobby, enregistré sur mon répondeur et de cette histoire de chantage sur laquelle je n'étais encore guère fixée. En revanche, je m'abstins de lui parler du rôle de Sufi, de peur qu'elle prenne sur elle d'intervenir et qu'elle fasse tout rater. Elle était trop instable en ce moment. Une vraie charge de nitroglycérine. Au plus léger choc, elle risquait d'exploser.

— J'ai besoin de votre aide, dis-je en guise de conclusion.

— Comment ?

— Je veux parler à Nola. Si j'arrive chez elle à l'improviste, elle va se fermer comme une huître et je n'en tirerai pas un mot. J'aimerais que vous l'appeliez et que vous essayiez d'arranger quelque chose.

— Pour quand ?

— Ce matin, si possible.

— Que suis-je censée lui dire ?

— La vérité. Dites-lui que j'enquête sur la mort de Bobby, que je le soupçonne d'avoir eu une liaison l'été dernier. Que vous étiez absente à cette époque mais que vous avez pensé qu'elle l'avait peut-être aperçu avec quelqu'un. Demandez-lui si elle accepte de me parler.

— Elle va tout de suite comprendre que c'est un piège.

— Pas forcément. D'ailleurs, c'est sans importance. Si je me suis trompée sur son compte, elle n'aura pas lieu de s'inquiéter. Et si je suis dans le vrai, elle aura le temps de mijoter un plan qui la mettra en confiance. L'essentiel, c'est que je puisse lui parler sans qu'on me claque la porte au nez.

Glen s'octroya quelques secondes de réflexion.

— Très bien.

Elle se dirigea vers le téléphone. L'habileté avec laquelle elle présenta ma requête m'éclaira sur ses qualités de diplomatie. Nola se montra des plus coopérative. Un quart d'heure plus tard je roulais en direction de Horton Ravine.

De jour, je pus me rendre compte que la maison des Fraker était jaune pâle, avec un toit à bardeaux. Je remontai l'allée et me garai à gauche de l'entrée principale, à côté d'une BMW marron et d'une Mercedes gris métallisé. N'étant pas candidate au suicide, je me penchai par la portière pour repérer le chien. Rover ou Fido, quel que soit son nom, était un immense danois affublé de babines rouges cerclées de noir, d'où dégoulinaient des stalactites de bave. Sa pâtée était posée devant lui, dans un grand bol en aluminium zébré de marques de crocs.

Comme je descendais prudemment de voiture, il s'élança sur la grille avec une telle furie qu'il parvint à l'ébranler.

Je m'apprêtais à l'insulter copieusement quand je vis Nola sur le porche.

— Ne vous occupez pas de lui, déclara-t-elle.

Elle portait une combinaison noire moulante, et des talons aiguilles qui la faisaient paraître plus grande que moi.

— Splendide animal, commentai-je hypocritement.

Les gens adorent qu'on les complimente sur leur chien. Ils se sentent importants.

— Merci. Je vous en prie, entrez. J'ai quelque chose à faire, mais vous pourrez m'attendre dans la bibliothèque.

CHAPITRE XXII

L'intérieur de la maison des Fraker était froid et sans grand intérêt ; parquets cirés, murs blancs, fenêtres nues et fleurs fraîches. Nola m'introduisit dans la bibliothèque. Elle s'excusa et j'entendis ses hauts talons cliqueter dans le hall.

Je décidai d'en profiter pour me livrer à une fouille en règle et déchantai rapidement. La bibliothèque des Fraker se distinguait par une absence de cachettes absolument révoltante. Pas de tiroirs, pas de meubles à secrets, rien. Seulement deux chaises en chrome avec des courroies de cuir, et une table basse en verre supportant un flacon de cognac et deux petits verres. Il n'y avait même pas un tapis à soulever. Seigneur, à quelle race appartenaient-ils donc ? J'en fus réduite à examiner les livres pour tenter de deviner leurs hobbies et leurs marottes.

Je découvris ainsi que Nola s'intéressait de près à la décoration, à la cuisine raffinée, au jardinage, aux travaux d'aiguille et aux recettes de beauté. Ce qui m'intrigua davantage, ce furent deux étagères entières contenant des livres consacrés à l'architecture. Je saisis un gros ouvrage intitulé *Architectural Graphic stan-*

dards, et jetai un coup d'œil à la page de garde. Une petite lithographie montrait un chat assis devant un bocal contenant un poisson rouge. Juste en-dessous, une main masculine avait tracé en lettres moulées le nom de Dwight Costigan. Un lointain signal d'alarme résonna dans ma tête. N'était-ce pas l'architecte qui avait dessiné la maison de Glen ? Je feuilletai trois autres livres au hasard. Tous portaient la marque personnelle de Dwight Costigan. Vraiment étrange. Que faisaient-ils ici ?

Je reposai vivement le livre en entendant le claquement des talons de Nola, me postai devant la fenêtre et feignis d'être absorbée par le paysage. Elle entra dans le bureau, un sourire de commande aux lèvres qui disparut presque aussi vite qu'il était apparu.

— Désolée de vous avoir fait attendre. Je vous en prie, asseyez-vous.

Je pris place sur l'une des chaises en faisant des vœux pour ne pas rester coincée entre les lanières. Nola se percha sur un amour de pouf dans une pose gracieuse. Je l'observai discrètement. Jolie silhouette, splendide crinière rousse bouillonnant autour de son visage en boucles soyeuses, yeux bleus, teint sans défaut. Maquillage fignolé destiné à lui donner une éternelle jeunesse. Sa combinaison noire soulignait la perfection de ses formes sans céder à la vulgarité ni au tape-à-l'œil. Elle arborait une expression solennelle et sincère que je devinai totalement artificielle.

— En quoi puis-je vous aider ?

J'avais une fraction de seconde pour faire mon choix. Bobby Callahan avait-il *réellement* pu s'enticher d'une femme aussi factice ? Question stupide. La réponse était oui, évidemment !

Je lui décochai un sourire à soixante watts, le menton appuyé dans la paume de ma main.

— J'ai un problème, Nola. Je peux vous appeler Nola ?

— Certainement. Glen m'a dit que vous enquêtiez sur la mort de Bobby ?

— C'est exact. En fait, Bobby a fait appel à moi quelques jours avant sa mort et j'ai pensé qu'il était de mon devoir de lui en donner pour son argent.

— Je vois. Mais n'est-ce pas davantage le rôle de la police ?

— La police travaille de son côté, naturellement. Disons que je procède à une enquête... parallèle.

— J'espère que la vérité finira par éclater. Pauvre gosse. Nous nous sentons tous tellement tristes pour Glen. Vous avez découvert quelque chose d'intéressant ?

— En fait, oui. Quelqu'un m'a révélé une partie de l'affaire si bien que je n'ai plus qu'à reconstituer le reste.

— Ah ! Et en quoi consiste cette... affaire ?

Je devinai qu'elle s'était sentie obligée de me poser cette question, non par intérêt, mais pour avoir l'air de coopérer. Je laissai passer un petit laps de temps, afin de donner plus de poids au mensonge que j'allais proférer.

— Bobby m'a avoué qu'il était amoureux de vous.

— De moi ?

— C'est ce qu'il m'a dit.

Elle cilla et son sourire trembla légèrement.

— J'avoue que je suis stupéfaite. Bien sûr, c'est extrêmement flatteur pour moi... mais vraiment !

— Je ne vois pas ce que cela a de si étonnant.

Son rire exprima un mélange parfait d'innocence et d'incrédulité.

— Voyons ! Je suis mariée. Et j'ai douze ans de plus que lui.

Alors là, bravo. Pour arriver à se rajeunir de plusieurs années sans avoir besoin de compter sur ses doigts, il fallait une sacrée technique.

J'esquissai un petit sourire. Elle commençait à m'agacer sérieusement et je me forçai à employer un ton doucereux.

— L'âge n'a pas d'importance. Bobby est mort, maintenant. Il a l'âge de Dieu.

Elle me regarda comme si j'étais soudain devenue folle.

— Je ne vois pas très bien où vous voulez en venir. Vous me dites que le gosse avait le béguin pour moi. Bon, et après ?

— Après ? Après, le gosse a eu une liaison avec vous, Nola. Vous vous êtes trouvée mêlée à une sale affaire et il a essayé de vous aider à vous en sortir. Le *gosse*, comme vous dites, a été assassiné à cause de vous. Alors vous allez arrêter de me prendre pour une idiote et tout me raconter depuis le début, ou je téléphone au lieutenant Dolan de la Criminelle pour qu'il ait une petite conversation avec vous.

— Je ne comprends pas un mot de ce que vous dites !

Elle se leva d'un bond, mais j'étais déjà debout et je la retins par le poignet avec une telle violence qu'elle lâcha un petit cri. J'attendis quelques secondes avant de la libérer. Je sentais ma colère fuser comme d'un ballon d'air chaud.

— Je vais vous expliquer, Nola. Vous avez le choix : soit vous me racontez ce qui s'est passé, soit je me lance dans une enquête complète sur votre personne qui vous fera regretter de ne pas avoir parlé quand vous en aviez l'occasion !

Ce fut à cette seconde précise que le déclic se produisit. J'entendis un petit bruit dans mon cerveau, un peu comme l'ouverture d'un parachute. Tchoufff... et une image bien nette dansa devant mes yeux. Instant magique où un souvenir et une information se soudent dans un éclair aveuglant.

— Attendez une minute... Je sais qui vous êtes. Vous étiez mariée à Dwight Costigan. J'étais certaine de vous avoir déjà vue quelque part. Votre photo était dans tous les journaux.

Son visage perdit toute couleur.

— Ça n'a rien à voir avec Bobby.

— Oh ! Que si... j'ignore encore comment, mais je suis sûre que les deux affaires sont liées. C'est la même histoire, n'est-ce pas ?

Nola s'assit sur le pouf, la respiration entrecoupée.

— Il vaudrait mieux que vous ne cherchiez pas à savoir, murmura-t-elle sans me regarder.

— Vous êtes folle ? Bobby Callahan a fait appel à moi parce qu'il pensait que quelqu'un essayait de le tuer. Il avait raison. Il est mort, maintenant. Et personne n'y peut plus rien sauf *moi*. Si vous vous imaginez que je vais laisser tomber, vous vous fourrez le doigt dans l'œil jusqu'au coude !

Elle secoua la tête. Toute sa beauté semblait s'être envolée d'un seul coup. Elle paraissait fatiguée, fripée, vieillie... Sa voix se cassa.

— Je vais vous raconter ce que je sais. Mais ensuite, il faudra que vous abandonniez votre enquête. Pour votre propre bien. C'est vrai, j'ai eu une liaison avec Bobby.

Elle s'interrompit, cherchant ses mots.

— Il était merveilleux. Vraiment merveilleux. J'étais folle de lui. Il n'avait pas de passé, pas de problèmes. Il était simplement jeune, vigoureux. Dieu ! Il avait vingt-trois ans. Rien que la vue de sa peau me...

Ses yeux croisèrent les miens. Elle s'interrompit avec embarras tandis qu'un sourire nuancé de tendresse et de souffrance affleurait à ses lèvres.

— A cet âge-là, on s'imagine immortel, invincible. On croit que la vie est simple et qu'il suffit de tendre la main pour cueillir ses fruits. J'ai essayé de lui ôter ses illusions, mais il était tellement avide de m'aider... Adorable fou.

Il y eut un long silence.

— Adorable fou, pourquoi ? demandai-je calmement.

— Il en est mort, évidemment. Je ne peux pas vous dire les remords que j'ai éprouvés...

Elle regarda au loin, les yeux voilés.

— Parlez-moi de Dwight Costigan. Il a été tué, non ?

— Dwight était beaucoup plus âgé que moi. Il avait quarante-cinq ans au moment de notre mariage, j'en avais vingt-deux. Nous formions un couple très heureux. Il m'adorait. Je l'admirais. Il a fait des choses extraordinaires pour cette ville.

— Il a dessiné la maison de Glen, n'est-ce pas ?

— Pas vraiment. C'est son père qui a conçu les plans de la maison, dans les années vingt. Dwight s'est occupé de la restauration. J'ai besoin d'un verre. Vous en voulez un ?

— Volontiers.

Elle attrapa le carafon de cognac, retira le lourd bouchon en cristal et essaya de remplir les deux verres. Ses mains tremblaient si fort que je me dis qu'elle allait tout casser. Je résolus de nous servir moi-même. Je n'étais pas franchement adepte du cognac à 11 heures du matin, mais ça ne m'empêcha pas de lever mon verre en même temps qu'elle et d'en avaler le contenu d'un trait.

Tandis que Nola reprenait peu à peu son calme, je m'efforçai de rassembler mes souvenirs concernant l'accident au cours duquel Dwight Costigan avait été tué. Ça devait remonter à cinq ou six ans. Pour autant que je me rappelle, quelqu'un s'était introduit de nuit dans leur maison de Montebello et avait tué Dwight d'un coup de revolver, après une lutte dans la chambre à coucher. A l'époque, je me trouvais à Houston pour le compte d'un client, de sorte que je n'avais pas bien suivi les détails de l'affaire. Mais, sauf erreur, le mystère de cette mort n'avait toujours pas été élucidé.

— Que s'est-il passé ? lui demandai-je.

— Je vous en prie, ne me posez pas de question et ne cherchez pas à en savoir davantage. J'ai supplié Bobby de ne pas s'en mêler. Il ne m'a pas obéi et ça lui a coûté la vie. Le passé est le passé. C'est de l'histoire ancienne. Je suis la seule maintenant à payer pour ce qui est arrivé. Ça m'est égal et, si vous avez un tant soit peu de bon sens, vous laisserez tomber aussi.

— Vous savez bien que non. Racontez-moi.

— Pourquoi faire ? Ça ne changera rien.

— Nola, je finirai par savoir ce que vous essayez de me cacher, dussé-je remuer ciel et terre ! Si vous acceptez de vous confier à moi, cette histoire ne sortira peut-être pas d'ici et l'enquête sera close. Pour que je puisse prendre une décision, vous devez jouer franc jeu.

Je vis une ombre indécise passer sur son visage. Elle baissa la tête un instant, puis me regarda avec anxiété.

— Nous parlons d'un être si lunatique... Habité par une telle folie... Jurez-moi de stopper votre enquête !

— Je ne peux pas vous faire cette promesse et vous le savez très bien. Racontez-moi l'histoire. Ensuite nous aviserons.

— Je n'en ai jamais parlé à personne, sauf à Bobby, et regardez ce qui lui est arrivé.

— Et Sufi ? Elle est au courant, elle aussi ?

Elle cilla légèrement, visiblement désorientée par l'irruption de Sufi dans notre conversation. Son regard se détourna.

— Non, absolument pas. Je suis sûre qu'elle ignore tout de cette affaire. Comment pourrait-elle être au courant ?

Sa réponse était trop hésitante pour être convaincante, mais je laissai passer. Etait-ce Sufi qui la faisait chanter ?

— En tout cas, quelqu'un est au courant, tranchai-je. Ce quelqu'un vous fait chanter, et Bobby a été tué parce qu'il essayait de vous tirer de ses griffes. Qu'est-il arrivé ? Quel moyen de pression exerce-t-on sur vous ?

Elle hésita un long moment, partagée entre la crainte de parler et la tentation de se confier. Elle se décida enfin, mais elle s'exprimait à voix si basse que je dus me pencher pour capter ses paroles.

— Nous avons été mariés près de quinze ans. Dwight suivait un traitement pour sa tension et il est devenu impuissant. Nous n'avions jamais eu une vie sexuelle très intense, mais je me suis sentie délaissée et j'ai rencontré... quelqu'un d'autre.

— Un amant.

Elle hocha la tête, ferma les yeux comme pour fuir un souvenir trop douloureux.

— Dwight nous a surpris au lit, une nuit. Il était comme fou. Il est allé chercher un revolver dans son bureau. Quand il est revenu, ils se sont battus.

Je perçus un bruit de pas dans le hall. Nola sursauta.

— Par pitié, pas un mot de tout ceci, souffla-t-elle d'une voix pressante.

— Vous pouvez compter sur moi. Ensuite ?

Elle hésita.

— J'ai abattu Dwight, murmura-t-elle très vite. C'était un accident, mais quelqu'un a le revolver avec mes empreintes dessus.

— C'est ce revolver que Bobby cherchait ?

Elle hocha imperceptiblement la tête.

— Qui l'a ? Votre ancien amant ?

Nola posa un doigt sur ses lèvres. On frappa à la porte et le Dr Fraker apparut, visiblement étonné de me trouver là.

— Oh ! Bonjour, Kinsey. C'est votre voiture qui est dans l'allée ? J'allais partir et je me suis demandé qui pouvait nous rendre visite.

— Je voulais parler de Glen avec Nola. Je trouve qu'elle ne va pas bien du tout. Je me suis dit que nous pourrions peut-être nous arranger pour ne pas la laisser trop seule, maintenant que Derek n'est plus là.

Il hocha tristement la tête.

— Kleinert m'a raconté qu'elle l'avait jeté dehors. Sale affaire. Elle n'avait vraiment pas besoin de ça.

— En effet. Voulez-vous que je déplace ma voiture ?

— Non, non. Eh bien, je vous laisse papoter. A bientôt, Kinsey.

— Kinsey s'en allait, justement, intervint Nola en se levant.

— Ah ? En ce cas, je vous raccompagne.

C'était un moyen habile de m'obliger à mettre un terme à notre conversation. Comme je n'avais aucun motif plausible de différer mon départ, je m'inclinai.

On échangea des au revoir, le Dr Fraker m'ouvrit la porte et je quittai la bibliothèque. En me retournant, je vis le visage crispé de Nola. Je devinai qu'elle regrettait d'avoir parlé. Trop de choses étaient en jeu : sa liberté, son argent, son mariage, sa respectabilité. Je me demandai jusqu'où elle était prête à aller pour préserver son secret, et quel genre de paiement lui avait été extorqué.

CHAPITRE XXIII

Je me rendis à mon bureau. Une pile de courrier s'était entassée derrière ma porte. Je la ramassai, la jetai sur ma table et ouvris la porte-fenêtre pour aérer. Le voyant rouge de mon répondeur était allumé. Je m'assis et enfonçai la touche de lecture.

Le message provenait de mon ami de la compagnie du téléphone qui m'informait que S. Blackman se prénommait Sebastian, sexe masculin, soixante-six ans, domicilié à Tempe, dans l'Etat d'Arizona. Eh bien... ça ne me paraissait pas très prometteur, mais je notai quand même le renseignement sur la fiche de Bobby. A supposer qu'il m'arrive quelque chose, on pourrait sans trop de peine remonter la piste. Perspective peu réjouissante, certes, mais réaliste, compte tenu de ce qui s'était passé pour Bobby.

Je consacrai l'heure suivante à dépouiller mon courrier, puis tirai le téléphone à moi. Rien à faire, il fallait que j'en passe par là... Je composai le numéro avant de perdre courage.

— Police de Santa Teresa. Collins à l'appareil.

— Je voudrais parler au sergent Robb, service des personnes disparues.

— Ne quittez pas.

Mon cœur se mit à battre plus vite.

J'avais fait la connaissance de Jonah alors que j'enquêtais sur la disparition d'une certaine Elaine Boldt. Jonah m'était apparu comme un type assez formidable, avec un visage agréable, peut-être quelques kilos de trop. Plein d'humour, direct, un rien rebelle, il me photocopiait en douce des rapports de la Criminelle. Il avait épousé son flirt de lycée qui depuis l'avait plaqué comme une vieille chaussette, emmenant ses deux petites filles avec elle. Nous n'avions jamais été amants mais quelque chose dans son regard m'avait laissé entendre qu'il n'aurait rien contre. Là-dessus il s'était réconcilié avec sa femme et nous nous étions perdus de vue.

— Robb à l'appareil.

— Seigneur, j'avais oublié à quel point vous aviez une voix fascinante, m'extasiai-je.

Il marqua une seconde d'hésitation.

— Kinsey ?

J'éclatai de rire.

— En personne. Flattée que vous vous souveniez encore de mon nom.

— Je sais, bébé. Mais je pense très souvent à vous.

Je chantonnai d'un ton sceptique.

— Comment va Camilla ?

Il soupira. Je pus presque le voir se passer une main dans les cheveux.

— Comme d'habitude. Je me demande vraiment pourquoi je l'ai laissée revenir dans ma vie.

Il fit un effort pour se ressaisir et reprit d'une voix ferme :

— Enfin, bon. Je ne devrais pas me plaindre. Je l'ai

voulu. Je regrette seulement que vous ayez eu à en souffrir.

— Oh ! Ne vous inquiétez pas pour ça. Je suis une grande fille. D'ailleurs, je vous ai trouvé un excellent moyen de vous racheter : je vous paie à déjeuner et en échange vous me louez votre cerveau pour une heure ou deux, d'accord ?

— Bien sûr. Mais le déjeuner est pour moi. Vous avez une préférence ?

— Quelque chose de simple. Je n'ai pas beaucoup de temps à consacrer aux mondanités.

— Que diriez-vous du Palais de Justice ? J'apporte des sandwiches et nous pique-niquons sur l'herbe.

— Parfait. Disons midi et demi ?

— D'accord. Vous n'avez pas besoin d'un renseignement, pendant que j'y suis ?

— Si, justement.

Je lui fis un rapide résumé de la mort de Costigan, tout en ayant soin de ne pas mentionner le rôle de Nola Fraker. On verrait plus tard. Pour l'instant, je me contentai de lui débiter la version publique et lui demandai en conclusion de jeter un œil sur les fiches du dossier.

— Ça me dit vaguement quelque chose. Je vais voir ce que je peux dénicher d'intéressant.

— Ce n'est pas tout. J'aimerais aussi que vous vous renseigniez auprès du *NCIC*, au sujet d'une femme qui se fait appeler Lila Sams.

Je lui fournis également les deux autres identités que j'avais trouvées sur son permis de conduire : Delia Sims et Delilah Sampson, la date de naissance et les informations complémentaires que j'avais sur mes notes.

— Compris. Je m'en occupe. A tout à l'heure, répondit-il avant de raccrocher.

Il m'était brusquement venu à l'idée que Lila n'en était peut-être pas à son coup d'essai. Qui sait si Henry n'était pas une victime parmi beaucoup d'autres ? Je n'avais aucun moyen d'accéder au *National Crime Information Center*, mais Jonah pouvait très facilement vérifier sur son ordinateur si le nom était fiché. Il obtiendrait en quelques secondes tous les renseignements nécessaires. Comme ça, je serais fixée une fois pour toutes.

Je remis de l'ordre dans mon bureau, jetai la bandoulière de mon sac sur mon épaule et me mis en route.

Le Palais de Justice de Santa Teresa ressemble à un château mauresque : portes en bois sculptées main, tours et balcons en fer forgé. A l'intérieur, les murs sont tellement couverts de mosaïques qu'on les croirait tapissés d'un tissu en patchwork.

Je coupai par la grande arcade, en direction des jardins ensoleillés qui s'épanouissaient à l'arrière du bâtiment. Deux douzaines de personnes étaient éparpillées sur l'herbe. Certaines occupées à manger, d'autres à dormir ou à se bronzer. L'air de rien, je passai en revue les mérites d'un type — plutôt bel homme — qui s'avançait vers moi, dans une chemise bleu pâle à manches courtes. Hanches étroites, tenue décontractée mais élégante... ventre bien plat, bras musclés... Il était pratiquement arrivé à ma hauteur quand je regardai enfin son visage et reconnus brusquement Jonah.

Je ne l'avais pas vu depuis juin. Apparemment, son régime amaigrissant avait fait des prodiges. Ses cheveux noirs étaient un peu plus longs qu'avant et il s'offrait un superbe bronzage qui avivait l'éclat de ses yeux très bleus.

— Seigneur..., m'exclamai-je d'un air ahuri. Vous avez l'air en grande forme.

Il me décocha un sourire ravi.

— Vous trouvez ? Merci. J'ai dû perdre près de dix kilos depuis que nous nous sommes vus.

— Fichtre. Ça n'a pas dû être facile.

— Pas trop, non.

Il dégageait une subtile odeur d'après-rasage au musc qui agissait traîtreusement sur mon métabolisme. Je me secouai mentalement. Je n'avais vraiment pas besoin de ça. Une femme devait se méfier de deux choses : d'un homme à peine sorti du mariage, et d'un homme *toujours* sous l'emprise du mariage.

— J'ai appris que vous aviez été blessée d'un coup de revolver, me dit-il.

— C'était simplement un calibre 22, ça ne compte pas. Par contre, je me suis fait salement rosser.

Je frottai mon appendice nasal.

— Il a été cassé.

Il se pencha et caressa impulsivement mon nez.

— Ça ne se voit pas du tout.

— Merci. En tout cas, mon flair n'en a pas pâti.

On endura un de ces longs silences qui avaient toujours ponctué nos relations. Je changeai mon sac d'épaule, histoire de faire quelque chose.

— Quel est le menu ? demandai-je en désignant la poche en papier qu'il tenait à la main.

Il suivit mon regard.

— Oh ! Je n'y pensais plus. Rien de sensationnel. Sandwiches crudités, Pepsi et gâteaux à la crème.

— On pourrait peut-être y goûter ?

Il secoua la tête.

— Bon sang, Kinsey, je ne me souviens pas d'avoir éprouvé un truc pareil. Vous seriez très fâchée si on oubliait ce fichu déjeuner et qu'on aille s'installer un peu plus loin, derrière les buissons ?

Je me mis à rire, parce que la même idée m'avait un instant traversé l'esprit.

— Vous êtes mignon, dis-je en glissant mon bras sous le sien.

— Je n'avais pas l'intention d'être mignon.

On se réfugia à l'extrémité du jardin, là où de grands sapins touffus ombrageaient la pelouse. On décapsula nos Pepsi, des feuilles de laitue s'échappèrent des sandwiches et on se passa les serviettes en papier en échangeant des considérations sur nos casse-croûtes respectifs. Lorsque les dernières miettes furent englouties, nous avions réussi à nous composer de nouveau une attitude professionnelle.

Jonah rangea sa bouteille vide dans le sac.

— Je me suis renseigné sur la mort de Costigan. Le type à qui j'ai parlé a l'habitude des affaires criminelles. D'après lui, il ne fait aucun doute que c'est sa femme qui l'a tué. A ce qu'elle aurait raconté, un homme s'est introduit dans leur maison, son mari est allé chercher un revolver, lutte sans merci, et badaboum ! Le coup part, le tendre et cher s'écroule, raide mort. Naturellement, l'intrus détale à fond de train et elle appelle la police, victime éplorée d'un cambriolage qui a mal tourné. Là-dessus, elle fait appel à l'un des meilleurs avocats... La suite, vous la connaissez : « Je regrette, mais ma cliente ne répondra pas à cette question... Je regrette, mais ma cliente n'a rien à ajouter. » Bref, tout le monde était convaincu de sa culpabilité, mais elle n'a jamais craqué et ça s'est terminé par un non-lieu. Pas de preuves, pas d'arme, pas de témoins... Fin de l'histoire. J'espère que vous ne travaillez pas pour elle, parce que vous êtes battue d'avance.

Je secouai la tête.

— J'enquête sur la mort de Bobby Callahan. Je pense qu'il a été assassiné et que c'est lié à l'affaire Costigan.

Je lui relatai tous les faits, avec plus de détails que je ne l'aurais souhaité. Nous étions allongés dans l'herbe, maintenant, et un certain nombre de fantasmes me trottaient dans la tête. Je continuai donc à parler, rien que pour me ressaisir.

— Sacré nom d'une pipe, vous avez décroché le gros lot, on dirait, s'exclama-t-il quand j'eus achevé mon récit.

— Et pour ce qui est de Lila Sams ?

Il agita son index.

— J'ai gardé le meilleur pour la fin. Figurez-vous qu'il a suffi que je remplisse une petite fiche à son nom pour que l'ordinateur fasse tilt. Cette dame est en passe de détenir un record d'escroqueries en tous genres. Ses exploits remontent au moins à 1968.

— Dans quelle spécialité ?

— Fraude, extorsion de biens, abus de confiance, usage de faux papiers. A l'heure où je parle, six mandats d'arrêt ont été prononcés contre elle. Attendez, vous allez voir que je n'exagère pas, je vous ai apporté la liste.

Il me tendit une feuille imprimée que je pris sans enthousiasme. Pourquoi ce soudain abattement ? J'aurais dû exulter à l'idée de lui river son clou. Seulement voilà : Henry en aurait le cœur brisé. Je ne voulais pas qu'il ait mal à cause de moi. Je parcourus rapidement la feuille des yeux.

— Je peux la garder ?

— Sûr. Vous n'avez qu'à la dénoncer à la Répression des fraudes, ils s'occuperont d'elle.

Je secouai lentement la tête.

— Je préfère consulter Rosie d'abord.

— La vieille pie qui tient ce troquet en bas de chez vous ? Qu'est-ce qu'elle a à voir là-dedans ?

— Nous ne pouvons blairer Lila ni l'une ni l'autre. C'est comme ça qu'on a décidé de chercher d'où elle venait.

— Eh bien, maintenant vous êtes fixée. Où est le problème ?

— Je ne sais pas. Je préfère réfléchir un peu avant de prendre une décision que je pourrais regretter.

Il y eut un petit silence, puis Jonah agrippa mon T-shirt.

— Vous êtes allée au champ de tir, récemment ?

— Non. Pas depuis notre dernier exercice ensemble.

— Ça vous dirait d'y retourner de temps en temps ?

— Jonah, nous ne pouvons pas faire ça.

— Pourquoi ?

— Parce que ça ressemblerait à un rendez-vous et qu'il n'en sortirait rien de bon.

— Allez, quoi ! Je croyais que nous étions amis.

— C'est vrai. Mais on ne peut pas sortir ensemble.

— Pourquoi ?

— Parce que vous êtes beaucoup trop séduisant et que je suis beaucoup trop belle, ripostai-je aigrement.

— Nous y revoilà. C'est encore à cause de Camilla, hein ?

— Tout juste. Je n'ai pas du tout l'intention de me glisser entre vous. Vous êtes ensemble depuis trop longtemps.

— Il aurait mieux valu que je ne vous revoie pas.

Je me levai lentement.

— Désolée. C'est ma faute.

Je brossai machinalement les brins d'herbe qui s'étaient accrochés à mon pantalon.

— Il est temps que je parte.

Il se leva à son tour, on échangea quelques paroles en guise d'au revoir, puis je m'éloignai sans un regard en arrière. Sur le chemin de mon bureau, je concentrai résolument mon esprit sur Henry. J'en conclus que je n'avais aucune raison de demander l'avis de Rosie. La première chose à faire était d'informer les flics de l'endroit où se trouvait Lila. Cette femme était un escroc depuis près de vingt ans. Il n'y avait pas la moindre chance qu'elle devienne subitement une épouse modèle. De toute façon, le pauvre Henry en aurait le cœur brisé. Alors, quelle importance que ce soit moi qui la dénonce ? La seule chose qui comptait, c'était de la coincer avant qu'elle se soit envolée avec toutes les économies de sa nouvelle victime.

J'avais marché d'un pas pressé, la tête baissée. En arrivant au coin de Floresta et d'Anaconda, je bifurquai brusquement sur la gauche en direction du poste de police.

CHAPITRE XXIV

Je restai bloquée au poste pendant exactement une heure et quarante-cinq minutes. On commença par me dire que Whiteside était parti déjeuner, puis qu'il avait une réunion. Quand enfin je pus lui exposer la situation, il fallut encore qu'il parvienne à joindre un comté, quelque part dans le nord du Nouveau-Mexique, d'où émanaient trois des mandats d'arrêt. Pendant qu'il attendait une réponse, il contacta le shérif d'une petite ville proche de San Francisco afin d'obtenir la confirmation d'une non-comparution en justice, signalée à Marin. Le cinquième mandat d'arrêt émis à Boise, dans l'Idaho, concernait un délit contraventionnel, mais l'inspecteur des Fraudes déclara tout net qu'il était dans l'impossibilité de se déplacer. Quant au sixième mandat, émis cette fois à Twin Falls, il ne mentionnait aucun chef d'inculpation. Autrement dit, Lila Sams était libre comme l'air.

A 15 h 20, le comté de Marin se manifesta enfin, confirmant le délit de non-comparution en justice. Ils se déclarèrent prêts à envoyer quelqu'un la chercher, à condition qu'on puisse leur donner la garantie qu'elle était sous les verrous. Whiteside leur promit de donner des ordres en conséquence, aussitôt qu'il aurait reçu par télex la copie du mandat d'arrêt. Je lui communiquai l'adresse de Moza, la mienne, ainsi qu'une description détaillée de Lila Sams.

Il était 15 h 40 quand je rentrai enfin chez moi. Henry était assis dans l'arrière-cour, au milieu d'une pile de bouquins. Il leva les yeux de son bloc-notes en me voyant approcher.

— Oh ! C'est vous. Je pensais qu'il s'agissait de Lila. Elle doit passer me dire au revoir avant de s'en aller.

La nouvelle me cueillit à froid.

— Elle part ?

— Elle ne part pas vraiment, non. Elle va juste passer quelques jours à Las Cruces. Je crois qu'elle a un petit problème avec l'une de ses propriétés. Bref, elle tient à être sur place pour y mettre bon ordre. C'est ennuyeux, mais on n'y peut rien, n'est-ce pas ?

— Elle n'est pas encore partie, au moins ?

Il jeta un coup d'œil à sa montre.

— Ça m'étonnerait. Son avion ne décolle pas avant 5 heures. Pourquoi, vous vouliez lui parler ?

Je secouai la tête, incapable de trouver les mots adéquats. Mon regard tomba sur son bloc et je vis qu'il était en train de composer un de ses mots croisés. Deux titres se détachaient sur le haut de la page : « Elémentaire, mon cher Watson ! » et « Home, sweet Holmes. »

Il suivit mon regard et sourit timidement.

— Celui-là sera un spécial Sherlock Holmes.

Il referma son bloc comme on garde jalousement un trésor.

— Parlez-moi un peu de vous. Qu'est-ce que vous devenez ?

Il avait l'air tellement innocent. Comment pouvait-on tromper un homme pareil ?

— Il s'est produit quelque chose, murmurai-je. J'ai pensé que vous deviez en être informé.

Je dépliai la feuille imprimée et la lui tendis.

— Qu'est-ce que c'est ?

Le nom de Lila dut attirer son attention, car son regard devint brusquement fixe. Son visage se figea tandis qu'il prenait peu à peu connaissance des faits. Sa lecture achevée, il hocha faiblement la tête.

— Je vois. J'ai l'air d'un bel imbécile, n'est-ce pas ?

— Voyons, Henry, ne parlez pas comme ça. Vous avez pris un risque, et elle vous a apporté un peu de bonheur. Ce n'est pas votre faute s'il s'avère que cette femme est un escroc.

Il contemplait la feuille comme un gosse qui vient juste d'apprendre à lire.

— Qu'est-ce qui vous a mise sur la piste ?

Je cherchai une explication pleine de tact, mais n'en trouvai aucune.

— Pour être franche, elle ne me plaisait pas beaucoup. J'ai commencé à m'inquiéter sérieusement quand vous m'avez annoncé votre intention de faire des affaires avec elle. J'ai voulu vérifier si elle méritait votre confiance et... voilà. Vous ne lui avez pas confié d'argent, au moins ?

Il replia lentement la feuille.

— J'ai soldé mon compte ce matin même.

— Combien y avait-il ?

— Vingt mille dollars. Lila devait déposer la somme au siège de sa compagnie. Le directeur de la banque m'a conseillé de reconsidérer ma décision. J'ai cru qu'il faisait du zèle. Je comprends maintenant qu'il avait raison.

Il s'exprimait d'une voix monocorde qui me brisa presque le cœur.

— Je file immédiatement chez Moza pour essayer de l'intercepter avant son départ. Vous voulez m'accompagner ?

Il secoua la tête, les yeux humides. Je tournai les talons et m'élançai dans la rue.

J'étais à une vingtaine de mètres de la maison de Moza quand je repérai un taxi qui roulait à faible allure. Le chauffeur se gara et ouvrit sa vitre pour vérifier le numéro de la maison. Je me précipitai vers la portière et me penchai.

— Vous êtes le taxi qu'on a commandé ?

— Vous êtes Lila Sams ? répondit-il en saisissant sa feuille de route. Vous voulez que je vous aide à porter vos bagages ?

— En fait, je n'ai pas besoin d'un taxi. Une voisine s'est proposée de m'emmener. J'ai rappelé votre compagnie, mais on a dû oublier de vous transmettre le contrordre. Je suis désolée.

Il me lança un regard noir, secoua la tête avec un soupir d'exaspération et redémarra dans un crissement de pneus.

Je bondis vers la maison et gravis les marches du perron de Moza deux par deux. Elle avait entrebâillé la porte et regardait disparaître le taxi d'un air affolé.

— Que lui avez-vous dit ? C'était le taxi de Lila. Elle a un avion à prendre !

— Vraiment ? Il ne s'agit sûrement pas du même : celui-là s'était trompé d'adresse. Il cherchait un certain Zollinger.

— J'aurais dû m'adresser à une autre compagnie. Ça

fait une demi-heure qu'elle a appelé un taxi. Elle va finir par manquer son avion.

— Je peux peut-être l'aider, suggérai-je. Elle est là ?

— Vous n'allez pas semer la pagaille, Kinsey ? Je ne le supporterai pas !

— Mais non...

Je m'avançai dans le salon, puis dans le hall. La porte de la chambre de Lila était ouverte.

La pièce avait été vidée de tout objet personnel. Celui des tiroirs où elle avait caché son faux permis de conduire était posé sur la commode. Elle avait juste laissé le ruban adhésif sur le panneau du fond, après l'avoir roulé en boule comme un chewing-gum. Une valise bouclée attendait devant la porte. L'autre était sur le lit, à moitié remplie, juste à côté d'un gros portefeuille en plastique blanc.

Lila continuait à empiler des vêtements dans la valise, le dos tourné à la porte. Elle portait un pantalon en polyester qui n'était pas très tendre pour ses formes plus que rebondies. Elle se retourna brusquement et m'aperçut.

— Oh ! Vous m'avez fait peur. Que puis-je pour vous ?

— J'ai appris que vous partiez. J'ai pensé que je pourrais peut-être vous aider.

Une lueur d'indécision traversa son regard. Son brusque départ était sûrement dû à l'intervention de ses complices de Las Cruces, alertés par mon coup de fil. Me soupçonnait-elle d'être derrière tout ça ? Peut-être. Moi, ce que je voulais, c'était gagner du temps jusqu'à l'arrivée des flics. Je n'avais absolument pas l'intention de l'affronter. Elle était du genre à sortir un minuscule Derringer à deux coups de sa manche, ou de m'administrer une prise de karaté de son cru qui m'expédierait dans le cirage.

Elle consulta sa montre. Il était presque 4 heures. Il fallait vingt minutes pour atteindre l'aéroport, et elle devait s'y trouver à 16 h 30 pour ne pas risquer de perdre sa réservation. Ça ne lui laissait que dix minutes devant elle.

— Eh bien, j'ai un petit ennui avec mon taxi qui n'arrive pas. Il se pourrait que je vous demande de m'accompagner à l'aéroport...

— Aucun problème. Ma voiture est garée devant chez Henry, mais je crois que vous avez prévu de lui dire au revoir ?

— Naturellement, si j'ai le temps. C'est un tel amour.

Elle en finit avec sa dernière pile de vêtements, et je la vis jeter un regard circulaire pour vérifier si elle n'avait rien oublié.

— Vous êtes sûre de ne rien avoir laissé dans la salle de bains ? shampooing ? gant de toilette ?

— Ah ! Si. Je reviens dans une seconde.

Elle me passa devant et se dirigea vers la salle de bains. J'attendis qu'elle se soit éloignée, puis me précipitai sur son portefeuille. Il contenait une grosse enveloppe en papier bulle sur laquelle était inscrit le nom de Henry. J'ôtai l'élastique et vérifiai rapidement le contenu. Intact. Je refermai le porte-monnaie et enfonçai l'enveloppe dans la ceinture de mon pantalon. Connaissant Henry, j'étais sûre qu'il se refuserait à porter plainte. Ça me rendait malade de penser que son argent serait confisqué et bloqué par la police pendant des mois. J'avais à peine remis mon T-shirt en place que Lila revint, une bouteille de shampooing et un bonnet de douche à la main. Elle glissa les objets entre ses vêtements, puis ferma le couvercle de la valise et ajusta les courroies.

— Laissez, je m'en occupe.

Je soulevai le bagage, empoignai par la même occasion celui qui était posé devant la porte et me dirigeai vers le hall, chargée comme un baudet. Moza nous y guettait, déchiquetant un torchon à vaisselle dans son anxiété.

— Je peux en prendre une, me dit-elle.

— Pas question, merci.

Je marchai vers la porte, avec Moza et Lila sur mes talons. Pourvu que les flics se dépêchent d'arriver! Moza et Lila échangeaient des petites phrases aimables de dernière minute. Lila mentait comme un arracheur de dents. Elle fichait bel et bien le camp. Et elle n'avait pas l'intention de revenir.

A la porte, Moza me précéda pour me tenir le battant ouvert. Au même instant, une voiture de patrouille noir et blanc s'arrêta le long du trottoir. Il ne fallait surtout pas que Lila l'aperçoive maintenant. Elle serait capable de filer par-derrière.

— Vous avez pris la paire de chaussures qui était sous le lit? lui demandai-je en bouchant tout l'encadrement de la porte.

— Je ne sais pas. Je ne l'ai pas vue en partant.

— Alors, c'est que vous l'avez prise machinalement.

— Non, non, il vaut mieux que j'aille vérifier.

Elle s'élança vers sa chambre tandis que je déposais les deux valises à mes pieds.

Pendant ce temps, Moza regardait, stupéfaite, les deux officiers de police qui remontaient sa petite allée. Elle s'imaginait probablement avoir violé un article du code civil, gazon trop long, télé trop bruyante...

Je la laissai se débrouiller avec eux, et me portai à la rencontre de Lila afin de l'empêcher de filer en douce par-derrière dès qu'elle verrait les flics.

— Lila, votre taxi est là ! criai-je.

— Mieux vaut tard que jamais, déclara-t-elle en traversant le salon. Je n'ai rien trouvé sous le lit, mais j'ai bien fait de retourner dans ma chambre parce que j'y avais oublié mon billet d'avion.

Elle atteignit la porte d'entrée, leva les yeux et découvrit brusquement les policiers.

Le badge épinglé à la chemise du flic indiquait qu'il s'appelait G. Pettigrew. C'était un Noir d'une trentaine d'années avec des bras énormes et des épaules de catcheur. Sa partenaire, M. Gutierrez, n'était pas moins impressionnante.

Les yeux de Pettigrew se fixèrent sur Lila.

— Vous êtes Lila Sams ?

— Oui, murmura-t-elle en clignant les paupières.

Elle rapetissait à vue d'œil.

— Voulez-vous avancer sous le porche, je vous prie ?

— Naturellement, mais je ne vois pas...

Lila esquissa un geste pour dissimuler son portefeuille, mais Gutierrez la devança, et inventoria son contenu.

Pettigrew annonça à Lila qu'elle était en état d'arrestation et lui fit lecture de ses droits.

— Veuillez vous tourner face au mur.

Lila obtempéra. Gutierrez la fouilla rapidement puis sortit des menottes de sa poche. Elle se mit à protester d'une voix haut perchée.

— Mais que me reproche-t-on ? Je n'ai rien fait. C'est une terrible erreur !

Ses gémissements éplorés eurent raison du sang-froid de Moza.

— Je proteste ! s'écria-t-elle. Cette femme est ma locataire. Elle n'a rien fait de mal.

— Nous vous serions reconnaissants de nous laisser faire notre travail, madame. Mrs. Sams pourra faire appel à un avocat dès son arrivée au poste.

Pettigrew toucha l'épaule de Lila qui se dégagea en poussant des cris effrayés.

— A l'aide ! Laissez-moi partir ! Au secours !

Les deux officiers l'entraînèrent calmement en la maintenant chacun par un bras. Les glapissements de Lila avaient fait sortir les voisins qui regardaient la scène de leur palier. Lila avait cessé de se débattre maintenant, et se laissait emporter comme une poupée de chiffon. On dut la hisser sur la banquette arrière de la voiture. Imperturbable, l'officier Pettigrew revint chercher ses valises et les déposa dans la malle arrière.

Finalement, les portières claquèrent et la voiture s'éloigna.

Moza tourna vers moi un visage défait.

— C'est votre faute ! Vous êtes contente de vous ? La pauvre femme !

J'aperçus Henry, figé sur place à une trentaine de mètres de là. Même à cette distance, je pus constater qu'il était livide.

— Nous en reparlerons plus tard, Moza, déclarai-je très vite en la plantant là.

CHAPITRE XXV

Le temps que j'atteigne la maison, Henry avait disparu. J'extirpai l'enveloppe de la ceinture de mon pantalon et frappai à sa porte. Il m'ouvrit. Je lui tendis l'enveloppe dont il vérifia machinalement le contenu. Il me lança un regard interrogateur, mais je ne lui donnai aucune explication sur la façon dont je me l'étais appropriée. Lui-même ne me posa pas de question.

— Merci, murmura-t-il simplement.

— Nous parlerons plus tard, déclarai-je, et il referma sa porte.

Je me sentais vraiment désolée pour lui, mais je savais qu'il avait besoin d'être seul pour faire le point. Rentrée chez moi, je feuilletai rapidement le bottin. Si Bobby avait cherché le revolver dans l'ancienne morgue, il fallait que j'y jette un coup d'œil moi aussi, et Kelly Borden pourrait peut-être me donner un tuyau. Manque de chance, il ne figurait pas dans l'annuaire. Je notai le numéro de *St. Terry* et demandai à parler au Dr Fraker. Sa secrétaire, Marcy, m'informa qu'il était momentanément absent de son bureau — autrement dit qu'il était aux toilettes —, mais qu'il n'allait pas tarder à revenir. Je lui dis que je souhaitais parler à Kelly Borden et lui demandai de bien vouloir m'indiquer son adresse et son numéro de téléphone.

— C'est assez délicat, répondit-elle. Le Dr Fraker ne m'en voudrait certainement pas de vous donner ce renseignement, mais sans son accord...

— En ce cas, je passe vous voir. Je serai là dans une dizaine de minutes. Veillez simplement à ce qu'il ne parte pas avant mon arrivée.

Le temps que je parvienne jusqu'au service de pathologie, le Dr Fraker avait de nouveau quitté son bureau. Mais Marcy reçu l'ordre de me conduire jusqu'à lui. Je la laissai donc me piloter à travers le laboratoire. En tenue de chirurgien, il examinait des instruments de toutes tailles alignés sur un comptoir en acier inoxydable. Visiblement il s'apprêtait à commencer une opération délicate.

— Je suis navrée de vous déranger, m'excusai-je. J'ai simplement besoin de l'adresse et du numéro de téléphone de Kelly Borden.

— Asseyez-vous. Marcy, enchaîna-t-il en s'adressant à sa secrétaire, voulez-vous avoir la gentillesse d'aller chercher le renseignement de Kinsey ? Je ferai de mon mieux pour la distraire pendant ce temps.

Je me hissais sur un tabouret quand je pris brusquement conscience de ce que faisait le Dr Fraker. Il portait ses gants de chirurgien et tenait un scalpel dans la main. Devant lui, il y avait un petit emballage blanc en carton plastifié, d'où je le vis extraire un amalgame informe d'organes qu'il se mit à trier à l'aide d'une longue pince.

Je serrai les dents de répulsion.

— Qu'est-ce que c'est ?

Son expression dénotait un léger amusement. Il se servit de ses pinces pour désigner les morceaux de chair.

— Voyons... Nous avons un cœur, un foie, un poumon, une rate et une vésicule biliaire. Leur propriétaire est mort subitement au cours d'une intervention chirurgicale sans que personne ait compris ce qui s'était passé.

— Et vous, vous pouvez ?

— Pas à tous les coups, mais je crois que dans ce cas précis, nous devrions pouvoir aboutir à une conclusion.

Je le regardai manipuler les organes. Comment imaginer qu'ils aient pu appartenir un jour à un être vivant ?

Fraker me lança un rapide regard, par-dessus son épaule.

— Comment se fait-il que vous vous intéressiez à Kelly Borden ?

— Vous savez, je suis obligée de vérifier un tas de détails qui n'ont souvent aucun rapport avec l'affaire dont je m'occupe. Finalement, je fais un peu le même travail que vous : j'étudie toutes les pièces du puzzle avant de me forger une théorie.

— Mon travail est quand même plus scientifique, non ?

— Sans doute. Mais moi j'ai un avantage sur vous.

Il s'interrompit et me regarda de nouveau, cette fois avec un intérêt sincère.

— Je connais l'homme sur lequel j'enquête. Je pense qu'il a été assassiné et cette certitude est le plus puissant des stimulants. La maladie est une notion neutre. Le crime, non.

— J'ai l'impression que votre affection pour Bobby déforme votre jugement. Sa mort fut accidentelle.

— Pas si j'arrive à persuader la Criminelle que son

décès est une conséquence de la tentative de meurtre dont il a été victime il y a neuf mois.

— Je crains que vous ayez du mal à le prouver. Voyez-vous, c'est en cela que nos métiers diffèrent. Je peux aboutir à un résultat ici même, sans avoir besoin de quitter cette pièce.

— Je vous envie, soupirai-je. J'ai beau être convaincue que Bobby a été assassiné, je n'ai pas la moindre idée de l'identité de son meurtrier. Et il se peut très bien que je ne le découvre jamais.

— J'ai donc l'avantage. Je ne travaille que sur des certitudes. Il m'arrive de trébucher, bien sûr, mais rarement.

— Vous avez de la chance.

Marcy réapparut et me tendit un papier portant l'adresse et le numéro de téléphone de Kelly.

— Je préfère penser que j'ai du talent, rectifia-t-il avec un soupçon d'aigreur. Cela dit, ne vous mettez pas en retard à cause de moi. Et tenez-moi au courant des progrès de votre enquête.

— Promis.

Je le remerciai tout en agitant la feuille de papier.

Il était maintenant 5 heures. Je trouvai un téléphone à pièces au détour d'un couloir et composai le numéro de Kelly. Il décrocha à la troisième sonnerie. Je me nommai, lui rappelant que je lui avais été présentée par le Dr Fraker.

— Je sais qui vous êtes.

— J'aimerais vous rencontrer. Il y a quelque chose dont je voudrais vous parler.

Il sembla hésiter, puis céda.

— Bon. Vous savez où j'habite ?

L'appartement de Kelly se situait dans le quartier

ouest de Santa Teresa, pas très loin de *St. Terry*. Je me garai devant deux maisons jumelées et remontai une longue allée, jusqu'à une petite dépendance en bois nichée au fond de la propriété. Sa « maison », tout comme la mienne, était certainement un ancien garage.

Je contournais un buisson lorsque je l'aperçus. Il portait un jean et un blouson de cuir sur une chemise écossaise. Ses cheveux étaient toujours nattés. Assis sur le pas de la porte, il fumait un joint dont il me proposa une bouffée. Je refusai d'un signe de tête.

— Je ne vous aurais pas aperçu le jour de l'enterrement de Bobby ? lui demandai-je.

— Possible. Je vous y ai bien vue.

Ses yeux me fixaient d'une façon déconcertante. Où avais-je vu cette couleur... ? Ah oui, c'était celle d'une piscine où flottait le corps d'un type. Ça remontait à près de quatre ans. Une de mes premières enquêtes.

Je m'assis près de lui sur la marche, sortis le carnet d'adresses de Bobby de mon sac et le lui tendis, ouvert à la dernière page.

— Vous connaissez ce numéro ? Ce n'est pas une ligne locale.

Il jeta un coup d'œil à la page, puis à moi.

— Vous l'avez essayé ?

— Sûr. J'ai également essayé le seul Blackman répertorié dans le bottin, mais le numéro n'est plus attribué. Pourquoi ? Vous savez à qui il correspond ?

— Je connais le chiffre, mais ce n'est pas un numéro de téléphone. Bobby a permuté l'indicatif à la fin.

— Qu'est-ce que c'est, alors ?

— Ces deux premiers chiffres désignent le comté de Santa Teresa. Quand aux cinq derniers, ils forment le code de la morgue. En fait, il s'agit du numéro de matricule de l'un des corps que nous avons en stock. Je vous ai parlé des deux qui sont là depuis des années, vous vous souvenez ? Eh bien, celui-là, c'est Franklin.

— Mais pourquoi l'a-t-il inscrit sous le nom Blackman ?

Kelly me sourit et tira une longue bouffée avant de répondre.

— Franklin est un Noir. C'est un homme noir : un *black man*. Je suppose que Bobby a voulu faire un jeu de mots.

— Vous êtes sûr de ça ?

— Tout à fait sûr.

— Je crois que Bobby cherchait un revolver quelque part dans la morgue. Vous n'avez pas une petite idée des endroits qu'il a fouillés ?

— Non. C'est un bâtiment plutôt vaste. Il y a une centaine de salles qui n'ont pas été utilisées depuis des années. On pourrait cacher à peu près n'importe quoi là-bas.

— Bon. Eh bien, je suppose qu'il ne me reste plus qu'à retrousser mes manches. Merci de votre aide, en tout cas.

— Pas de quoi.

Je rentrai au bureau. Kelly Borden m'avait informée qu'un gosse nommé Alfie Leadbetter travaillait à la morgue jusqu'à 11 heures du soir. C'était un copain à lui, il le préviendrait de ma visite.

Je m'assis à ma machine à écrire et tapai quelques notes. Qu'est-ce que c'était que tout ce mic-mac ? Quel rapport y avait-il entre le corps d'un homme noir, la mort de Dwight Costigan et le chantage qu'on exerçait sur son ex-femme ?

Le téléphone sonna. Je décrochai d'un geste machinal, l'esprit absent.

— Oui ?

— Kinsey ? Jonah à l'appareil. Je viens d'entendre un truc qui devrait vous intéresser. C'est au sujet de l'accident de Callahan.

— Oui ? Et alors ?

— Je suis tombé sur le type qui s'occupe des accidents de la route. Il paraît que les gars du laboratoire ont fini cet après-midi de dépiauter la voiture. Les câbles de freins ont été sectionnés. Ils ont transmis le dossier à la Criminelle.

Mon sang ne fit qu'un tour, exactement comme quand j'avais appris la signification de *Blackman*, quelques minutes plus tôt.

— Quoi ? criai-je dans l'appareil.

— Votre ami Bobby Callahan a été assassiné, répéta patiemment Jonah. Les câbles de freins ont été sectionnés. Conclusion : le liquide de freins a fichu le camp, et il s'est écrasé contre un arbre parce qu'il n'avait aucun moyen de ralentir avant le virage.

— Mais... je croyais que l'autopsie avait conclu à une attaque cérébrale ?

— Peut-être qu'il a eu une attaque quand il a compris ce qui lui arrivait ? Ce n'est pas incompatible.

— Oui, bien sûr. Vous avez raison.

Pendant un moment, je me contentai de respirer dans l'oreille de Jonah, puis :

— Ça prend combien de temps ?

— Quoi ? Pour couper des câbles de freins ou pour que le liquide se répande à l'extérieur ?

— Eh bien... Pour les deux ?

— En ce qui concerne les câbles, je dirais qu'il faut à

peu près cinq minutes. Ça n'a rien de sorcier quand on sait où regarder. Pour le reste, c'est plus difficile à déterminer. Il est probable qu'il a continué à rouler normalement pendant un petit moment. Il aura freiné une ou deux fois, les pistons se seront vidés, et à la troisième, boum ! dans le décor.

— C'est donc ce soir-là qu'on a saboté sa voiture ?

— Obligatoirement. Le gosse n'aurait pas pu aller très loin.

Je retombai dans un silence pensif, tout en songeant au message que Bobby m'avait laissé sur mon répondeur. Il avait vu le Dr Kleinert, ce soir-là. Je me souvenais que Kleinert lui-même y avait fait allusion.

— Vous êtes encore là ?

— J'avoue que je m'y perds, Jonah. Cette affaire éclate dans toutes les directions. Je ne sais absolument pas comment mettre les morceaux bout à bout.

— Vous voulez que je vous retrouve et qu'on en parle ?

— Non, c'est encore trop tôt. Pour l'instant, j'ai surtout besoin d'être seule pour essayer d'y voir plus clair. Je vous appellerai dès que j'aurai progressé.

— Bon. Mais jurez-moi de ne pas faire d'imprudence.

J'éclatai de rire.

— D'accord. Vous serez prévenu en priorité si jamais je découvre quelque chose. Je ne tiens pas tellement à me faire zigouiller, vous savez.

— Il ne manquerait plus que ça, grommela-t-il.

Là-dessus, on se dit au revoir et on raccrocha. Je gardai la main sur le combiné et composai immédiatement le numéro de Glen. Elle décrocha à la deuxième sonnerie. Je lui exposai la situation, sans oublier de mentionner le carnet d'adresses de Bobby et sa référence à « Blackman ». Je lui parlai également du chantage exercé sur Nola. L'heure n'était plus aux cachotteries. Elle savait déjà que Bobby et Nola étaient amants. Elle comprendrait probablement ce que Bobby avait essayé de faire. J'allai jusqu'à mentionner Sufi, et son rôle de messagère.

Elle resta silencieuse un long moment, puis demanda :

— Que va-t-il se passer, maintenant ?

— Je vais aller à la Criminelle dès demain pour leur révéler tout ce que je sais. Les policiers sauront s'en arranger.

— Soyez prudente d'ici là.

— Ne vous tracassez pas.

CHAPITRE XXVI

Il restait encore une heure et demie avant la tombée de la nuit quand j'atteignis le vieil hôpital. Le parking presque désert indiquait que la plupart des employés étaient partis. Je me rangeai le plus près possible de l'entrée, juste à côté d'une vieille bécane aux pneus complètement lisses. Une fausse plaque d'immatriculation arborant fièrement le prénom « Alfie » était fixée au pare-chocs arrière. Kelly m'avait prévenue que le bâtiment était généralement fermé à 7 heures, mais que je n'aurais qu'à sonner pour qu'Alfie débloque la porte.

J'attrapai ma torche, mon passe et un sweat-shirt que j'enfilai par-dessus ma blouse. Je me souvenais qu'il faisait frisquet à l'intérieur, et ce serait sûrement pire une fois que le soleil se serait couché. Je verrouillai ma voiture et me dirigeai vers l'entrée.

Je pressai la sonnette et la porte s'entrouvrit bientôt avec un bourdonnement. Le hall baignait déjà dans une semi-pénombre qui me fit vaguement penser à une gare désaffectée dans un film futuriste. Le bruit de mes pas résonnait sur le carrelage. Il faisait nettement plus froid et plus sombre en bas mais de la lumière brillait derrière la porte vitrée de la morgue. Je regardai ma montre. A peine 19 h 15.

Je frappai pour la forme, puis tournai la poignée. Ce n'était pas fermé. J'ouvris et jetai un coup d'œil à l'intérieur.

— Hello ?

Pas de réponse. Alfie était peut-être dans la chambre froide.

— Hello ! répétai-je plus fort.

Toujours rien. Il devait pourtant se trouver dans les parages puisqu'il m'avait fait entrer. Je refermai la porte derrière moi. L'éclairage au néon projetait une lumière crue qui donnait l'illusion du soleil hivernal. Je m'avançai vers la chambre froide. Des corps étaient alignés sur les paillasses en fibre de verre, plongés dans leur sommeil éternel, certains recouverts d'un drap, d'autres enveloppés dans une sorte de plastique. En tout cas, pas trace du dénommé Alfie.

Je décidai de vérifier si l'étiquette attachée au gros orteil de Franklin portait bien le même numéro que celui du carnet de Bobby. Armée du calepin, je défilai entre les corps, regardant au passage les inscriptions.

Celui du troisième corps correspondait juste. Kelly avait raison : Bobby avait permuté l'indicatif. Ainsi le code à sept chiffres ressemblait à un numéro de téléphone. J'examinai le cadavre, ou plutôt ce que j'en apercevais. Le plastique transparent qui protégeait Franklin était jauni, comme taché par de la nicotine. Je pus tout de même constater qu'il s'agissait d'un homme d'âge mûr, noir, de taille moyenne, mince, avec un visage de pierre. Qu'avait-il de spécial ? Je me sentais énervée. Alfie serait probablement là d'une minute à l'autre et je ne voulais pas qu'il me voie en train de fouiner dans cette pièce. Je retournai dans la salle voisine et m'assis sur une chaise.

Comparée au « frigo », la salle d'autopsie paraissait presque chaude. L'envie me démangeait de l'explorer. J'étais à la fois agacée qu'il n'y ait personne pour me donner un coup de main et angoissée par le silence.

Histoire de me calmer les nerfs, j'ouvris un tiroir et examinai son contenu. Rien que de très banal : des liasses de papier, des ordres en blanc, des bloc-notes. Sur ma lancée, je m'attaquai au tiroir suivant : une multitude de petites fioles de médicaments aux noms barbares. A première vue, la pièce était exclusivement réservée à la dissection. Normal, compte tenu du lieu, mais guère encourageant pour mon enquête.

Je regardai ma montre. J'étais là depuis maintenant quarante-cinq minutes et je voulais des résultats. Le problème, c'était que j'avais compté sur Alfie pour me piloter et me conseiller. Où était-il passé ?

Je ressortis dans le hall où j'essayai de m'orienter. Un peu de clarté filtrait par l'une des fenêtres, grâce à quoi je découvris un interrupteur mural et allumai les lumières avant de m'avancer dans le couloir. Des petits panneaux suspendus au-dessus des portes permettaient de se repérer. Le service de radiologie était juste à côté de la morgue. Un peu plus loin, se trouvaient la médecine nucléaire et le bureau des infirmières. Je me demandai si Sufi Daniels avait l'occasion de venir là.

Quelque chose se mit brusquement à clignoter dans ma tête. Je revis en pensée le carton renfermant les affaires de Bobby et tentai de me rappeler ce qu'il contenait. Des livres de médecine, des formulaires d'admission et *deux manuels de radiologie.* Pourquoi s'intéresser à une spécialité dont il n'aurait probablement que faire avant des années ?

Je remontai vite fait au rez-de-chaussée, ôtai mon sweat-shirt et le mis en tampon contre la porte pour l'empêcher de se refermer. Une fois à ma voiture, je soulevai le carton de la banquette arrière et en retirai les deux bouquins de radiologie que je feuilletai rapidement. Il s'agissait de manuels techniques, agrémentés d'explications pratiques concernant les différents types d'appareils et leur fonctionnement. En haut d'une page, un numéro avait été tracé à la main et soulignés de deux traits. Celui de Franklin ! La réapparition du code à sept chiffres désormais familier avait un petit côté surnaturel, un peu comme le son de la voix de Bobby sur mon répondeur, cinq jours après sa mort.

Calant les deux manuels sous mon bras, je regagnai le bâtiment, m'arrêtai pour enfiler à nouveau mon sweat-shirt et traversai le hall. Je voulais maintenant accéder aux archives médicales. Il y avait de fortes chances que le revolver soit tout simplement planqué au fond d'une boîte, sous une pile de dossiers. Le problème c'était de trouver la salle en question.

Je continuai à explorer le rez-de-chaussée. La plupart des bureaux semblaient inoccupés, et les trois quarts étaient verrouillés. Je tournai au bout du couloir, et me trouvai subitement nez à nez avec l'inscription « Archives médicales » peinte en grosses lettres écaillées sur une porte fermée. Le battant s'ouvrit avec une docilité inattendue malgré un grincement digne d'un film d'horreur. A l'intérieur, c'était le vide total. La pièce était nue du sol au plafond, à part un paquet de cigarettes froissé dans un coin et quelques outils abandonnés par-ci par-là. Ce département avait été complètement démantelé. Dieu seul savait où les dossiers avaient été transférés...

Je retournai vers l'escalier et descendis lentement au sous-sol. Une petite voix intérieure me murmurait quelque chose que je ne saisissais pas.

Une fois en bas, je me dirigeai droit vers la salle de radiologie et tournai la poignée. Bouclée. Mon trousseau magique pendait à ma ceinture et je me mis au travail. C'était un sacré boulot, pas facile du tout, mais je voulais voir ce qu'il y avait à l'intérieur de cette pièce, de sorte que je persévérai patiemment.

L'opération me demanda près de vingt minutes et un doigté fou, mais mon rossignol finit par avoir raison de la serrure qui joua subitement dans un cliquetis métallique.

— Gagné ! m'exclamai-je à mi-voix.

Dans mon travail, c'est ce genre de truc qui m'amuse le plus. Bon, d'accord, c'est parfaitement illégal. Mais qui est témoin ?

Je me glissai dans la pièce et allumai le plafonnier. Je me trouvais dans un bureau tout ce qu'il y avait de banal : machines à écrire, téléphones, meubles de rangement, plantes vertes sur les bureaux et photos aux murs. Il y avait une petite salle d'attente sur la gauche et, au fond, la salle de radiologie proprement dite, avec son appareillage sophistiqué. Je me plantai devant une machine et ouvris l'un des manuels que j'étais allée chercher dans la voiture. Chouette, l'appareil correspondait exactement au croquis explicatif, à part quelques petits détails sans importance, dus à l'année de construction, sûrement. Je restai là un bon moment, à presser contre moi le manuel ouvert, le regard fixé sur la table où gisait le tablier de plomb, semblable à un bavoir pour géant. Je pensai aux radios qu'on m'avait fait passer pour mon bras gauche, deux mois auparavant.

J'ignore comment l'idée s'imposa à moi, mais elle le fit par des chemins détournés, rôdant dans mon cerveau derrière une espèce de brume opaque qui se déchirait lentement. Bobby s'était tenu à cet endroit, lui aussi. Il était revenu nuit après nuit, dans l'espoir de trouver le revolver qui portait les empreintes de Nola. Il savait qui l'avait planqué, donc il devait avoir une vague idée de la cachette. Et, si on l'avait tué, il y avait fort à parier que c'était justement parce qu'il venait de découvrir le pot aux roses. Maintenant, réfléchissons. D'un côté, les manuels de radiologie avec un code noté en haut d'une page, de l'autre, un corps qui correspond à ce code... Les petites phrases décousues qui me trottaient dans la tête commençaient à s'assembler. Il faut que tu radiographies le corps de Franklin... Peut-être que c'est ce qu'a fait Bobby. Ça expliquerait qu'il ait noté le numéro sur le livre. Le revolver pourrait bien être *à l'intérieur* du corps. J'étudiai le problème pendant quinze secondes et décidai que de toute façon je n'avais rien à perdre d'essayer. Le pire qui pouvait m'arriver (en dehors de me faire surprendre), c'était de perdre mon temps et de me ridiculiser. Mais ce ne serait pas une première.

Abandonnant mon sac et mes bouquins sur une chaise, je me dirigeai vers la morgue. Une fois dans la chambre froide, j'avisai un brancard sur roulettes et l'empoignai à deux mains, plus résolue que jamais. Il n'y avait toujours pas trace d'Alfie Leadbetter et je ne pouvais attendre d'aide de personne. Ce n'était pas plus mal, d'ailleurs, vu que je n'étais pas sûre du tout du résultat de mon entreprise.

Je poussai le chariot jusqu'à la paillasse où était allongé le corps, en essayant de me persuader que j'étais une infirmière chargée de s'occuper d'un malade.

— Désolée de vous déranger, Franklin, déclarai-je à voix haute, mais il faut que vous m'accompagniez à côté pour passer quelques tests. On ne vous trouve pas très bonne mine.

Serrant les dents, je glissai une main sous la nuque et les genoux de Franklin pour le déposer sur le chariot. Il était beaucoup plus léger que je l'avais pensé, et froid au toucher, un peu comme un poulet empaqueté qu'on sort du réfrigérateur.

A force de manœuvres savantes, je réussis à piloter le chariot dans le couloir et, de là, dans la salle de radiologie. Je déposai le corps sur la table, fis quelques essais avec le tube, de façon à l'amener juste au-dessus de l'abdomen de Franklin. Pour le réglage de la distance, ce serait au petit bonheur la chance. Il ne me restait plus qu'à trouver une cassette.

Je venais de fouiller sans succès les quatre meubles de rangement quand je repérai un petit placard à deux portes suspendu au mur. La porte de gauche portait la mention « *exposés* », celle de droite la mention « *non exposés* ». J'ouvris cette dernière. Des cassettes de toutes les tailles étaient alignées sur les étagères. J'en choisis une et revins vers la machine. Comment diable introduisait-on la plaque à l'intérieur ? Je ne vis rien qui soit destiné à cet effet sur l'appareil lui-même, mais il y avait une sorte de petit tiroir sous la table. J'y glissai la cassette en faisant des vœux pour l'avoir insérée dans le bon sens. Personnellement, ça me paraissait impeccable. Qui sait si je n'étais pas en train de me découvrir une vocation ?

Estimant que Franklin n'avait pas besoin de protection, j'enfilai le tablier de plomb. Je n'avais jamais vu un manipulateur affublé d'un truc pareil, mais ça me donnait un sentiment de sécurité. Je fis glisser le tube sur la colonne et en pointai l'extrémité à environ un mètre de l'abdomen de Franklin, puis j'allai me planter devant le poste de commande, à l'autre bout de la pièce.

J'étudiai dubitativement les boutons qui s'alignaient sur le pupitre, sélectionnai celui marqué « courant » et le poussai en direction du contact. Rien. Perplexe, je remis le bouton dans sa position initiale et inspectai le mur de gauche où étaient fixés deux compteurs pourvus de grosses manettes. Je les fis passer de « off » sur « on ». Un doux ronronnement s'éleva. J'enclenchai à nouveau le bouton d'alimentation et l'écran s'alluma. Super !

Il ne me restait plus qu'à prendre le cliché... J'avais le choix entre une multitude de voyants. Un minuteur qui servait à sélectionner une échelle de durée allant d'un cent vingtième de seconde à une seconde. Différents paramètres permettant de régler le champ à l'aide du diaphragme lumineux... Un bouton indiquant « kilovolts », l'autre marqué « milliampères ». Tant pis, on verrait bien.

Je fixai éperdument l'écran.

— O.K. Frank, respirez à fond... Ne respirez plus.

En tout cas, il respecta la deuxième partie de mon ordre sans le moindre problème.

Je pressai la poire d'un coup sec, perçus un bref bourdonnement et me recroquevillai derrière le paravent de plomb comme si des rayons X allaient éclabousser toute la pièce. Le silence retomba et je me dirigeai vers la table pour récupérer la cassette. Bon, et maintenant ? On développait forcément les clichés quelque part, mais où ? Ma plaque à la main, je me dirigeai vers les salles voisines. Je trouvai ce que je cherchais deux portes plus loin : la chambre noire. Une notice accrochée au mur indiquait même toutes les étapes à suivre. Je les appliquai point par point, avec une dextérité dont je ne fus pas peu fière. Révélateur, fixateur, rinçage... Si je me retrouvais au chômage, je pourrais toujours postuler pour un emploi de manipulatrice.

Mon cliché à peine sorti de la machine à sécher, j'éteignis la lumière rouge et retournai dans la salle de radiologie pour examiner mon œuvre. La photo était de mauvaise qualité, mais suffisamment nette en tout cas pour me permettre de crier victoire : la forme blanche d'un revolver se dessinait au beau milieu de l'abdomen de Franklin. Je pouvais même affirmer qu'il s'agissait d'un gros automatique. Comme ce n'était pas un spectacle particulièrement agréable, je roulai la radio et la fixai au moyen d'un élastique. Il était grand temps de me tirer d'ici.

J'éteignis rapidement le courant, replaçai Franklin sur le chariot et le poussai vers la morgue. J'étais en train de l'installer sur sa paillasse quand quelque chose attira soudain mon regard. A quelques rangées de là, une main pendait dans le vide. Elle avait quelque chose de bizarre. Les corps que j'avais vus étaient tous d'une pâleur cadavérique, leur peau ressemblait à du caoutchouc. Cette main-là paraissait trop rose. Je constatai que le corps était simplement recouvert d'un plastique. Etait-il vraiment là tout à l'heure ? Je m'approchai d'un pas hésitant et écartai timidement le plastique. Mâle, race blanche, la vingtaine. Il ne respirait pas, ce qui n'avait rien d'étonnant compte tenu de la cordelette qui lui enserrait le cou. Elle était même entrée dans les chairs jusqu'à ce que la langue jaillisse. Le corps était froid, mais pas glacé. Mon cœur s'arrêta de battre.

J'étais à peu près certaine que je venais de faire la connaissance d'Alfie Leadbetter, récemment décédé. En cet instant, je m'inquiétais moins de comprendre qui l'avait tué que de savoir qui m'avait ouvert la porte d'entrée. Je doutais que ce soit Alfie. Je pris conscience que je m'étais baladée dans ce bâtiment désert en présence d'un tueur qui de toute évidence était encore là. Il guettait à coup sûr mes faits et gestes en attendant de me faire subir le même sort qu'au malheureux gardien qui s'était mis en travers de son chemin.

Je quittai la pièce à reculons, glacée de peur. La morgue baignait dans une clarté rassurante, mais elle était si terriblement silencieuse... Mentalement, j'essayai de combiner un plan de fuite. Mais avais-je réellement le choix ? Les fenêtres du sous-sol étaient toutes pourvues de barreaux antivol, bien trop serrés pour me laisser un espoir de passer. Il ne me restait que la solution de remonter au rez-de-chaussée et de sortir par la porte d'entrée, comme si de rien n'était. Malheureusement, la simple perspective de mettre un pied dans le hall me terrorisait.

Une porte claqua brusquement au-dessus de moi. Je fis un bond. Quelqu'un descendait l'escalier en sifflotant de façon décontractée. Un gardien effectuant sa ronde de nuit ? Un employé qui avait oublié quelque chose ? Je ne pouvais absolument pas bouger. Il était trop tard pour tenter quoi que ce soit, d'ailleurs. Trop tard pour me cacher, et puis où ? Il n'y avait pas la moindre cachette. Pétrifiée, je fixai la porte tandis que les pas se rapprochaient. Ils s'immobilisèrent dans le corridor et une voix s'éleva, fredonnant les premières mesures de *Quelqu'un pour veiller sur moi.* La poignée tourna lentement, le Dr Fraker apparut, leva les yeux et tressaillit de surprise en me voyant.

— Oh ! Je ne m'attendais pas à vous trouver ici. Je vous croyais avec Kelly.

J'aspirai une grande goulée d'air et retrouvai un filet de voix.

— Je l'ai vu. Il y a un petit moment déjà.

— Qu'est-ce qui ne va pas ? Vous êtes pâle comme une morte.

Je secouai la tête.

— Rien. J'allais partir quand j'ai entendu la porte claquer. Vous m'avez fait une peur bleue.

Ma voix se fêla au beau milieu de ma phrase.

— Désolé. Je ne l'ai pas fait exprès.

Il était en tenue de chirurgien. Je le regardai se diriger vers la table de dissection, ouvrir un tiroir, en extraire des instruments. Puis ouvrir un second tiroir et en sortir une seringue et une petite fiole.

— Ecoutez, nous avons un sale problème..., commençai-je.

— Vraiment ? De quoi s'agit-il ?

Le Dr Fraker se tourna vers moi en souriant et les paroles chuchotées de Nola résonnèrent dans ma tête. « Nous parlons d'un être si lunatique... Habité par une telle folie... » Les yeux du Dr Fraker restèrent fixés sur les miens tandis qu'il remplissait sa seringue. Le voile se déchira. Nola n'avait pas voulu *sauver* son mariage, elle avait voulu y *échapper*. Dans sa naïveté, Bobby Callahan avait cru pouvoir l'aider.

Son expression, ses gestes ralentis, tout indiquait que cet homme avait l'intention de me tuer. A en juger d'après les instruments qu'il venait d'aligner sur la table, il avait de quoi réussir un petit chef-d'œuvre...

En général, quand j'ai très peur je me mets à pleurer. Je sentis donc sans surprise des larmes me monter aux yeux. Des larmes d'horreur. Moi qui suis capable de parler des heures, je restai muette. L'esprit désespérément vide. Clouée au sol, avec ma radio roulée à la main, et la vérité peinte sur mon visage. Mon seul espoir était d'agir avant lui, et à une vitesse surmultipliée.

D'un bond, je plongeai vers la porte, agrippai la poignée, l'ouvris, et me ruai dans l'escalier en montant les marches deux par deux. Je jetai un bref coup d'œil par-dessus mon épaule, un cri au bord des lèvres. Il sortait à son tour sur le palier, sa seringue à la main. Ce qu'il y avait de vraiment terrifiant, c'était son calme. On aurait dit qu'il avait tout son temps. Il avait repris sa chanson là où il l'avait interrompue, d'une voix sans timbre qui ne rendait pas justice à Gershwin. *Comme un petit agneau qui s'est perdu dans le bois... Je sais que je pourrais être gentille... pour celui qui veillerait sur moi...*

J'atteignis le haut de l'escalier. Que savait-il que j'ignorais ? Pourquoi continuait-il à avancer d'un pas paisible, alors que je volais vers la porte d'entrée ? Je me ruai sur le double battant, qui ne frémit même pas. Je le secouai à nouveau de toutes mes forces. Rien. Une fois verrouillée, l'entrée formait un cul-de-sac. Si je lui laissai le temps d'atteindre le corridor, je n'aurais plus de retraite possible. J'atteignis le hall à la seconde où il arrivait en haut des marches.

Merde ! Ses semelles crissèrent sur les dalles et lui continuait à chanter.

Il n'est peut-être pas très beau, mais il détient les clés de mon cœur...

Toujours ce calme effrayant. J'aurais voulu pouvoir

hurler, mais à quoi bon ? Le bâtiment était désert. Toutes les issues bouclées. Il me fallait d'urgence une arme. Fraker avait une seringue remplie d'une saleté qu'il était bien décidé à m'injecter. Inutile d'espérer avoir le dessus en cas de bagarre. C'était un fameux costaud.

Je me ruai dans le hall, en direction de l'ancienne salle des archives, raflai une clé anglaise au passage et, sans cesser de courir, me précipitai à nouveau dans le couloir. Il fallait que je me réfugie dans les étages. Il fallait que je casse une fenêtre ou une porte, mais il fallait que je sorte, coûte que coûte !

Derrière moi, j'entendais la voix monocorde d'un homme qui n'était même pas fichu de chanter juste...

Dites-lui, s'il vous plaît, de se hâter vers moi, de suivre mes pas, j'ai tellement besoin de quelqu'un qui veille sur moi...

Les escaliers étaient là. Je m'y élançai tout en observant qu'à cette allure, je ne tiendrais jamais le coup. J'allais me retrouver à bout de souffle, alors que Fraker, lui, serait frais comme un gardon... J'atteignis le palier du premier, agrippai la poignée de la porte. Fermée. Au-dessus, il n'y avait plus qu'un étage. Allais-je me retrouver prise au piège, à la merci de ce fou ? J'avais le sentiment horrible qu'il avait tout prévu, tout planifié.

Il posait le pied sur la première marche au moment où j'entamai la deuxième volée d'escalier, les doigts crispés sur la clé anglaise. La porte du palier du deuxième s'ouvrit sous ma poussée. Je me ruai dans le hall noyé d'ombre, tournai à droite dans le couloir en m'obligeant à ralentir l'allure. J'étais hors d'haleine, trempée de sueur. J'envisageai un instant de me cacher, mais le choix était limité. Il y avait bien une série de portes de chaque côté du corridor, mais il lui suffirait d'inspecter les pièces une à une pour me débusquer. D'ailleurs, j'avais horreur de jouer à cache-cache. Toute petite, déjà, ce jeu me terrifiait. Je préférais rester debout, prête à bondir, plutôt que de m'accroupir dans un coin, les mains plaquées sur le visage, à attendre un miracle qui me rendrait invisible.

Je tournai de nouveau sur la droite. Derrière moi, j'entendis le choc sourd que produisit la porte du palier en se refermant. Je me remis à courir et repérai subitement un ascenseur, tout au bout du couloir. Je sprintai pour l'atteindre et pressai le bouton d'appel avec une violence désespérée.

Fraker avait entamé une autre chanson. Cette fois, il sifflotait les premières mesures de *Je n'ai pas l'ombre d'une chance avec toi*. Ce type était vraiment malade.

Je martelai le bouton de mon poing, guettant avec angoisse la montée de la cabine. Mon regard capta un mouvement sur la droite. Il arrivait. Sa blouse formait une tache livide dans la pénombre. Le ronronnement de la cabine cessa. Fraker avançait plus rapidement, mais une vingtaine de mètres encore nous séparaient. Les portes de l'ascenseur coulissèrent. Vite, vite !

Je pris mon élan, avant de réaliser dans un éclair qu'il n'y avait rien d'autre devant moi qu'un trou béant d'où s'élevait un courant d'air glacé. Un cri étranglé s'échappa de ma gorge tandis que je me raccrochais en catastrophe au châssis de la porte pour ne pas tomber dans le vide. D'un coup de reins, je réussis à me projeter en arrière, mais je perdis l'équilibre et m'affalai sur le sol. La clé ricocha par terre dans un cliquetis métallique. Je rampai à quatre pattes pour la récupérer.

Au même instant, Fraker me rejoignit. M'agrippant par les cheveux, il me hissa vers lui à la seconde où mes mains se refermaient sur l'outil. Je le frappai de toutes mes forces, mais l'angle était mauvais et le coup fut amorti. Je sentis l'aiguille s'enfoncer dans ma cuisse gauche. Je criai autant de surprise que de douleur. Lui aussi cria. J'avais une fraction d'avance sur lui que je mis à profit pour le frapper à nouveau. Cette fois, la clé l'atteignit au menton. Mais sans faire de dégâts. Il me serrait de trop près. Si je ne parvenais pas à lui faire lâcher prise, j'étais perdue.

Il m'agrippa par-derrière. J'essayai de lui envoyer mon coude dans l'estomac, mais ne rencontrai que le vide. Je continuai à frapper aveuglément, à grands coups de clé anglaise, jusqu'à ce qu'il recule, le souffle court. Je réussis à l'atteindre violemment à l'épaule et filai vers le hall à toute vitesse. Je trébuchai, repris mon équilibre. Pourquoi avais-je l'impression d'avoir posé le pied dans un trou ? Evidemment, la saloperie qu'il m'avait injectée commençait à faire son effet. Ma jambe gauche s'engourdissait, mon genou s'endormait, mes pieds devenaient lourds. La terreur qui propulsait un flot d'adrénaline dans mes veines était en train de distiller la drogue dans mon sang. Comme après une morsure de serpent. C'est justement le cas où il ne faut pas bouger du tout !

Je regardai en arrière. Fraker se frottait l'épaule, mais il s'était remis en marche, du même pas paisible. Il n'avait pas l'air contrarié que je lui aie échappé. Ça ne pouvait signifier qu'une chose : il avait verrouillé la porte de l'escalier derrière lui. Ou alors il savait que le truc qu'il m'avait injecté allait agir d'une minute à l'autre. Je commençais à ne plus sentir mes extrémités.

La clé pesait de plus en plus lourd dans ma main. Un froid glacial montait en moi par paliers. J'avançais aussi vite que je le pouvais, mais l'obscurité devenait gélatineuse et mes réflexes ralentissaient. Mon organisme luttait contre les effets de la drogue, mais chaque seconde sapait un peu plus ses défenses. Seul mon cerveau fonctionnait normalement, enregistrant les sensations étranges qui envahissaient mon corps.

Les menus détails qui me revenaient en mémoire s'ajustaient enfin avec précision ! Ils affluaient par flashes successifs. C'était Fraker qui procurait la drogue à Kitty, probablement en échange de renseignements sur l'état des recherches de Bobby. Le sachet enfoui dans le tiroir de sa table de nuit était un coup monté. Il était présent ce soir-là. Sans doute avait-il décidé qu'il était temps de se débarrasser d'elle. A moins qu'elle ait résolu de mettre un terme à leur collaboration.

La distance qui me séparait du bout du couloir paraissait s'allonger. J'avais l'impression de courir depuis des heures. Je n'étais même pas certaine de courir encore. Je n'étais sûre de rien. Le sang battait dans mes oreilles. L'écho de mes pas me parvenait flou, comme si je progressais sur un sol caoutchouteux. Flash numéro deux. Fraker avait truqué le rapport d'autopsie. Pas de transport au cerveau. Il avait saboté les freins. Dire que c'était seulement maintenant que tout s'éclaircissait. Mais quelle gourde de ne pas y avoir pensé plus tôt !

J'atteignis le bout du couloir au ralenti. Je sentais mon corps se recroqueviller sur lui-même. Après avoir tourné l'angle, je dus faire une pause. Je m'adossai contre le mur, la respiration sifflante. Garder la tête froide. Rester debout. Si possible, essayer de lever les bras. Le temps s'étirait de plus en plus, épais, cotonneux. Je sombrais.

Fraker avait recommencé à chanter, m'offrant un pot-pourri de son répertoire favori. Cette fois, il avait entonné « Accentuez le positif... éliminez le négatif »... Les voyelles s'allongeaient, comme un vieux phonographe qu'on aurait oublié de remonter.

Même la petite voix qui me parlait devenait lointaine et assourdie.

« Accroupie, Kinsey », me chuchota-t-elle.

Je voulais bien, mais j'étais totalement incapable de situer mes jambes, mes hanches ou même ma colonne vertébrale. Mes bras étaient de plomb et je me demandai où étaient mes épaules.

« Prépare-toi », chuchota encore la voix. Il me sembla confusément que mes deux bras se levaient et que mes mains brandissaient la clé anglaise.

La nuit succédait au jour, la mort happait la vie.

La voix de Fraker psalmodiait à l'infini...

A la seconde où il tourna l'angle, je décrivis un mouvement de semi-rotation, et j'abattis de toutes mes forces la clé sur la tête de Fraker. Comme dans un film au ralenti, je vis l'outil se propulser dans l'espace, centimètre par centimètre, avalant lentement la distance dans un reflet argenté. Puis l'impact du choc vibra dans mes doigts et se répercuta dans mes bras avec une violence merveilleuse.

La balle sortit du terrain de base-ball et je m'effondrai sur le sol dans le brouhaha de la foule.

ÉPILOGUE

On me raconta plus tard que j'avais réussi à me traîner jusqu'à la morgue, à composer le 911 et à bredouiller un message qui avait fait rappliquer les flics. Tout ce que je sais, c'est que je me réveillai à l'hôpital, malade comme un chien, avec une atroce gueule de bois due au cocktail de barbituriques qu'on m'avait injecté. Même avec mon crâne qui résonnait comme un tambour et des haut-le-cœur qui me précipitaient toutes les trentes secondes vers la bassine, j'étais salement contente d'être en vie.

Glen se montra aux petits soins pour moi, et tout le monde vint me rendre visite : Jonah, Rosie, Gus et Henry qui m'apporta des croissants tout chauds. Il me raconta que Lila lui avait écrit de prison, mais qu'il ne s'était pas donné la peine de lui répondre. Glen ne modifia pas sa décision de tirer un trait sur Derek et Kitty. Je présentai Kitty Wenner à Gus. La dernière fois que j'ai eu de leurs nouvelles ils sortaient ensemble, et tous deux avaient repris du poids.

Le Dr Fraker est actuellement en prison où il attend d'être jugé pour tentative de meurtre, et double meurtre au premier degré. Nola a plaidé coupable pour homicide involontaire. Elle n'a pas été condamnée. Dès mon retour au bureau, j'ai tapé un rapport complet en y joignant une note d'honoraires pour trente-trois heures de travail, plus le kilométrage. J'ai arrondi à mille dollars et renvoyé le complément de l'avance que Bobby m'avait remise à Varden Talbot afin qu'il le transmette à qui de droit. Je clos mon rapport par une lettre personnelle. L'essentiel de ce dernier message à Bobby tient en trois petits mots : il me manque. Où qu'il soit, j'espère qu'il vole parmi les anges, libre et en paix.

Bien à vous,
Kinsey MILLHONE.

Achevé d'imprimer sur les presses de

BUSSIÈRE

GROUPE CPI

à Saint-Amand-Montrond (Cher)
en février 2003

POCKET - 12, avenue d'Italie - 75627 Paris Cedex 13
Tél. : 01-44-16-05-00

— N° d'imp. : 30144. —
Dépôt légal : mai 1993.

Imprimé en France

POCKET - 12, avenue d'Italie - 75627 Paris Cedex 13.
Tél. : 01-44-16-05-00

— N° d'imp. : 10114. —
Dépôt légal : mai 1998.

Imprimé en France